子作りしたら、即離婚！

契約結婚のはずなのに、
クールな若社長の溺愛が止まりません!?

★

ルネッタⓁブックス

CONTENTS

Lunetta

第一章

高輪《たかなわ》の路地裏にある八並珈琲《やつなみコーヒー》は、入り口が緑の木々に囲まれた隠れ家的な喫茶店だ。アンティークのコーヒーカップがズラリと並ぶ棚や重厚な木製カウンター、骨董《こっとう》のランプや調度が印象的な店内はレトロ喫茶というにふさわしく、店主が淹《い》れる香り高いコーヒーの美味《おい》しさも相まって口コミサイトで人気がある。

軽やかなドアベルの音が響き、高岡真冬《たかおかまふゆ》はそちらに視線を向けた。

「いらっしゃいませ」

やって来たのは常連の六十代の男性で、窓際の定位置に座った彼に真冬は微笑《ほほえ》んで言う。

「こんにちは、野本《のもと》さん。今日はいかがなさいますか？」

「コスタリカにしようかな」

「かしこまりました」

この店の店主である八並は五十代後半の男性で、五年前にコーヒー好きが高じて会社を早期退職し、古い洋食屋の居抜き物件を使って喫茶店を始めた。彼はカウンターの中で作業をしており、真冬は声をかける。

「コスタリカひとつ、お願いします」

「はい」

するとカウンターに座っていた五十代の常連客が、ふいに言う。

「そういえば真冬ちゃん、このあいだの話考えてくれたかな」

「何でしょうか」

「『うちの次男と会ってみないか』って話をしただろう？　電子機器メーカーの営業職をしてるんだけど、忙しくて女性とまったく出会いがないそうでね。我が息子ながら真面目で清潔感があるし、君みたいに清楚《せいそ》できれいな女性がお嫁にきてくれたら僕もうれしいんだがなあ」

真冬がこうした話を持ち込まれるのは、これが初めてではない。

この店で働き始めてから四年、現在二十四歳の真冬は非常に常連客の受けがいい。彼らいわく、サラサラの長い黒髪や人形のように整った顔立ち、きちんとした言葉遣いや凛《りん》とした立ち姿、たとえ相手が常連でも客に馴《な》れ馴れしくしない節度のある態度など、〝お嫁さんにしたい〟という要素が揃《そろ》っているのだそうだ。

真冬は内心ため息をつきつつ、それは表面には出さずに控えめに微笑む。そして客に対し、申し訳なさそうな表情で言った。

「田辺《たなべ》さん、お話は大変ありがたいのですけど、わたしは休日に家族の病院に付き添ったりと忙しいため、息子さんとお会いする時間がないんです。申し訳ありません」

「そうか」

「有名メーカーに勤務されていて、真面目に営業のお仕事に取り組んでいらっしゃるなら、きっと息子さんは会社の女性の目に魅力的に映ってるんじゃないでしょうか。実は田辺さんが知らないだけで、既におつきあいをしている方がいるかもしれませんよ」

「そうかなあ」

真冬が「はい」と言ってニッコリ笑うと、滅多に見せないその表情に気をよくした彼が答える。

「真冬ちゃんの言うとおり、息子からしたら余計なお世話かもしれないな。ごめんね、変なお願いして」

「いえ」

そのときドアベルが鳴り、スーツ姿の男性が店に入ってくる。真冬は彼に声をかけた。

「いらっしゃいませ。お好きなお席にどうぞ」

三十代前半とおぼしきその男性は、この一ヵ月ほど八並珈琲を頻繁に訪れるようになった人物だ。

仕立てのいいスーツはオーダーメイドなのか独特の光沢があり、均整の取れた体形にフィットしている。サラリとした癖のない黒髪は清潔感のある長さで、手首には値が張りそうな腕時計が嵌《は》まっていた。

磨き上げた革靴といい、その佇《たたず》まいからはいかにも上流階級の雰囲気が漂っていて、端整な顔立ちも相まって人目を引く男性だ。彼はテーブルの上のメニューを眺めると、水とおしぼりを運んだ真冬を見上げて端的に告げる。

「グアテマラ、ホットで」

「かしこまりました」

男性はオーダーするとき以外は無駄話をせず、深煎《ふかい》りが好みだということしかわからない。いつも持参しているタブレットを難しい顔で眺め、コーヒー一杯をゆっくり飲んだあと会計をして帰っていく。訪れる時間はまちまちで、今日のように午前中に来ることもあれば夕方のときもあった。

やがて三十分ほどが経過して、彼が伝票を手に席を立つ。レジで会計をした真冬は、おつりを手渡して言った。

「四五〇〇円のお返しです。ありがとうございました」

それから数日が何事もなく過ぎ、水曜日の午後、真冬はマスターに頼まれて近所の銀行に向かった。

五月も半ばに差しかかろうというこの時季、気温は二十三度と暖かく、初夏の陽気となっている。

道行く人の服装は薄着になりつつあり、真冬も店のエプロンの下は白いカットソーとベージュのカーディガン、ロングスカートという服装だ。

銀行で所用を済ませ、外に出る。八並珈琲の勤務は毎日午後五時までで、そのあとは牛丼チェーンでアルバイトというのが日々のルーティンだった。短大に通っているときに幼い頃からの夢だった図書館司書の資格を取ったものの、都内ではなかなか就職先が見つからず、四年前から喫茶店とファストフードの牛丼チェーンのダブルワークをしている。

(きついけど、しょうがないよね。わたしが働かないと日々の生活が立ち行かなくなるんだから)

現在の真冬は弟の一樹《かずき》と二人暮らしで、生活にかかるお金を一人で担《にな》っている。

大学生である彼は「自分もアルバイトをする」と何度も言ってくれているが、先天性の心疾患を抱えている一樹は身体《からだ》の無理が利かない。両親は既に亡く、他に頼れる親族はいないため、生活は真冬一人の肩に掛かっているのが現状だった。

銀行から店までは徒歩五分で、柔らかな午後の日差しを感じながら歩く。そのとき真冬は、前方からやって来る一人の男性にふと目を留めた。

(あの人は……)

背の高いその男性は、長い手足にスーツがよく似合っていた。端整なその顔立ちには見覚えがあり、最近店によく来る人物だと気づいた真冬は思わずじっと見つめてしまう。すると男性もこちらいた。


に気づき、かすかに眉を上げた。

（どうしよう。常連さんなんだし、挨拶くらいするべきだよね）

そんなふうに考え、そのまま歩道を歩き続けた真冬は、ちょうど彼の前まで来たところで口を開
「こんにちは」

ニコッと笑いながら会釈し、そのまま通り過ぎようとしたものの、男性が思わぬことを言う。

「これから店に行こうとしていたんだが、ここで会えたならちょうどよかった」

「えっ？」

彼がスーツのポケットから、突然一枚のメモ用紙を取り出す。そしてそれを真冬に手渡して言った。

「高岡真冬さん、あなたに折り入って話がある」

「――……」

「仕事が終わったら、このメモに書かれたホテルの一階ラウンジに来てくれないか」

メモに視線を落とすと、都内のラグジュアリーホテルの住所と名前が書かれていた。真冬は驚き、
男性を見上げる。

「あの、こういったことは困ります。わたし――」

「じゃあ、僕はこれで」

断ろうとしたものの、それよりも早く彼が話を切り上げる。

そのまま男性が立ち去ってしまい、真冬は呆然《ぼうぜん》と立ち尽くした。

(何これ。ホテルのラウンジって、一体どういうこと？　まさかよからぬことを企んでいるんじゃ)

これまでの一ヵ月、店に来たときの彼はこちらに興味があるそぶりを微塵《みじん》も感じさせなかった。

常連客から縁談話を持ちかけられたことは数回あったが、そのどれもを断っている。ムッと眉をひそめた真冬は、メモを手の中で握り潰そうとした。しかしふと、先ほどの男性が自分をフルネームで呼んだことを思い出す。

(店でのわたしはお客さんに「真冬ちゃん」って呼ばれてるけど、苗字《みょうじ》までは明かしていない。それなのに、あの人はどうしてわたしのフルネームを知ってるんだろう)

彼は「仕事が終わったら来てほしい」と言っていたが、それはおそらく八並珈琲の勤務が終わってからという意味で言っているのだろう。

しかし真冬は、そのあとに牛丼店のアルバイトがある。

(どうしよう、無視するべき？　でもあの人が何でわたしの名前を知っているのか、どういう用件で呼び出そうとしているのかが、すごく気になる)

悩んだ末に、真冬は指定された場所に行ってみようと決めた。

そして店に戻ってスマートフォンを操作し、牛丼店のバイト仲間に相談して今日のシフトを代わってもらう。一日分のアルバイト代が減るのは正直懐《ふところ》が痛いものの、それは仕方がない。あの男性の用件を聞かないかぎり、ずっとそわそわと気になって落ち着かないだろう。

午後五時になり、エプロンを外した真冬は八並珈琲を退勤する。そして徒歩五分ほどのところにあるラグジュアリーホテルへと向かった。

（わ、すごい……）

品川《しながわ》駅にほど近いところにあるそのホテルは、庶民である真冬でも名前を知っているクラシカルなホテルで、日本庭園を眺められるラウンジはモダンな印象だった。

店内はハッピーアワーの時間帯で、向かい合ってお茶を飲む人々でにぎやかだ。ラグジュアリーな雰囲気に気後れしながらスタッフに待ち合わせをしていることを伝えると、席まで案内される。するとそこには例の男性が一人で座っていて、こちらを見て言った。

「来てくれたのか」

「お断りしようにも、お客さまがあの場からすぐに立ち去ってしまわれたので仕方なく来ました。でも、ああいったことをされては困ります。わたしにも都合がありますから」

「もしかして、八並珈琲のあとで働いている牛丼店のアルバイトのことかな」

彼がこちらのアルバイト先を言い当ててきて、真冬は一気に警戒心を強める。

自分がダブルワークをしていることは、店では公にはしていない。マスターは知っていて時間どおりに退勤させてくれているが、客に話したことは一度もないはずだ。

(何なの、この人。もしかしてストーカー？　だったら警察に相談に行かなきゃ)

そう考えた真冬は、顔をこわばらせて無言で踵《きびす》を返す。すると男性が呼び止めてきた。

「待ってくれ。あんな形で急に呼び出したのは、確かに君の都合を考えない失礼なやり方だった。それにアルバイトについて知っている件も含めて、さぞ気分を害しただろう。本当に申し訳ない」

椅子から立ち上がった彼が深く頭を下げ、謝罪する。

その様子を周囲の客が驚いた顔で見ていて、真冬は慌てて言った。

「あの、やめてください。他のお客さんに何と思われるか」

「じゃあ、座って話を聞いてくれるか？」

「……っ」

わざわざ立ち上がって頭を下げたのは、こちらを呼び止めるための男性の策略だったのだとわかり、真冬はムッとする。

しかし衆目を集めている状態なのが落ち着かず、仕方なく椅子に腰を下ろした。するとスタッフがオーダーを取りに来たため、「アイスティーをください」と注文する。

スタッフが去っていったあと、真冬は正面に座った男性を見つめて警戒心もあらわに告げた。

「一体どういうことですか。事と次第によっては、わたしはこの足で警察に行きます」

「説明するよ。僕はこういう者だ」

彼が名刺を一枚差し出してきて、真冬はそれを手に取って確認する。

そこには〝高輪　杣谷《そまや》代表取締役　有家幸哉《ありいえゆきや》〟と書かれていて、目を瞠《みは》ってつぶやいた。

「有家さん、とおっしゃるんですか？　この〝杣谷〟というのは……」

「料亭だ。大正時代に創業して、今年で一〇六年目になる」

創業一〇〇年を超える店ならば、老舗《しにせ》中の老舗だ。

まさか目の前の彼がそんなすごい店の社長だとは思わず、真冬は動揺する。確かに着ているスーツは仕立てがよく、腕時計や靴もいかにも値が張るもので、素性には納得できる部分もあった。

「老舗料亭の社長である有家さんが、わたしに一体どんなご用でしょう」

すると有家が、じっとこちらを見つめてくる。

改めて見ると彼は本当に整った顔をしていて、切れ長の目元や高い鼻梁《びりょう》、薄い唇が怜悧《れいり》さを感じさせ、目元に掛かる髪が涼やかな印象だった。口調は落ち着いていて物腰に粗野なところはなく、たとえパフォーマンスでも年下の女性に対して頭を下げるだけの柔軟さもある。

有家が再び口を開いた。

「高岡真冬さん、二十四歳。東京都豊島区《とうきょうととしまく》出身、高校を卒業後、奨学金を受給して短大を卒業する。十歳の頃に母親を亡くし、以来弟と共に児童養護施設で育つ――間違いないかな」

やはり彼は、こちらの素性を調べ上げていた。

そう確信した真冬は、膝の上の拳をぐっと握りしめる。そしてドクドクと鳴る心臓の音を意識しながら、正面から有家を見据えて再び問いかけた。

「ご用件は一体何ですか」

「単刀直入に言おう。――僕と結婚してもらいたい」

あまりに予想外のことを言われ、真冬は思わず言葉を失《な》くす。頭の中には、疑問符がグルグルと渦巻いていた。

(結婚って、わたしと？　この人と話すのはこれが初めてなのに、どうしてそんな)

混乱する真冬に、彼が落ち着いた口調で告げた。

「驚くのも無理はない。うちは大正六年から料亭〝杣谷〟を経営していて、他の親族も旅館や仕出し屋、レストラン経営などをしているグループ企業だ。僕が社長になったのは三ヵ月前で、父が病気で緊急入院して手術を受けなければならないことや、その後の体力的な問題から引退を決断したため、跡を継いだ」

杣谷は古くから政財界の顧客を多く持ち、なかなか予約が取れない高級料亭として知られているという。

一人息子である有家は独身で、社長の座を継いでから縁談が殺到しているらしい。多くは昔からつきあいのある大企業やお得意さまからで、断るのも一苦労なのだそうだ。

「うちのお得意さまは社会的地位が高い人が主で、怒らせるとまずい御仁も多い。特に政治家はプライドが高くて、角が立てば厄介《やっかい》なんだ。そこで君に白羽の矢を立てた」

「どうして……」

真冬の亡くなった父は一般的なサラリーマンで、母も同様だ。

双方の祖父母を始めとした親族も既におらず、両親を亡くしたあと児童養護施設で育った自分がそんな上流階級の人間に見初められる意味がわからない。そんなふうに考える真冬に、彼が説明した。

「なまじ家柄があると、結婚は家同士の結びつきが重視される。あちらを立てればこちらが立たずで、断られた家は当然気分を害するから、その後のつきあいがギスギスしてしまうんだ。だから身寄りがなく家柄もない人間のほうが周囲に無駄な軋轢《あつれき》を生まず、結婚相手として都合がいい」

「………」

「そういう女性がいないか探していたところ、たまたま入った喫茶店で高岡さんを見つけた。君はおしとやかな雰囲気で、客への態度も感じがよくて接客業向きだ。試しに素性を調べてみたところ、僕が考える条件にぴったりだった」

条件――という言い方に、真冬は不快感をおぼえる。

こちらは好きで親を亡くしたわけではなく、幼い頃から苦労して生きてきた。父は真冬が七歳のときに事故死し、その後は母が一人で懸命に自分たち姉弟を育ててくれたものの、無理が祟《たた》ったのか婦人科系の病で呆気《あっけ》なく亡くなってしまった。

両親の近しい親族は誰もおらず、行政が遠縁の人間を探し当てて二人を養育できるか問い合わせてくれたものの、にべもなく断られたらしい。結果的に真冬と一樹は児童養護施設に行くことになったが、横道に逸《そ》れることなく真っ当に生きてきた。

そうした身の上を誰かに馬鹿にされる筋合いはなく、ましてや第三者から「都合がいい」などと言われるのは、非常に不愉快だ。そんな真冬の怒りを知ってか知らずか、有家が条件を提示してきた。

「僕と結婚してくれるなら、高岡さんが短大進学の際に借りた奨学金を君の代わりに一括返済する。弟さんの大学にかかる金も同様に支払うつもりでいるし、毎月潤沢な生活費を手渡して裕福な暮らしを保障しよう。だがこの結婚の一番の目的は、杣谷の跡継ぎとなる子どもをもうけることだ」

真冬は驚き、目を見開く。彼が淡々と説明した。

「僕自身に家庭を持ちたいという願望はまったくないが、周囲から当然のように結婚することを求められ、持ち込まれる縁談の数にうんざりしていた。だがたとえ家庭を持つことに興味がなくとも、杣谷を引き継ぐ子どもを残す義務がある。だから条件の合う女性と短期的に結婚をし、跡継ぎとなる子どもを生んでもらって、その後離縁するのはどうかと考えたんだ」

「…………」

「一人目で男子が生まれれば御《おん》の字で、もし女子なら男子が生まれるまで頑張ってほしい。運よく男児を出産後、さっさと離婚したいという意志があるなら、産後一年くらいを目途に応じるつもりだ。数年間息子の傍《そば》にいたいというならそれでまったく構わないし、離婚する場合には謝礼を含めて充分な財産分与をするよ。どうだろう」

立て板に水のごとくスラスラと持論を述べられ、真冬は言葉を失くす。

今日初めてまともに言葉を交わした男性に「ビジネスとして子どもを生め」と言われ、何ともいえない気持ちになっていた。

(何それ。要はわたしに、〝跡継ぎを生む道具〟になれってこと？　離婚するときに息子を取り上げる前提で話してるし、時代錯誤もいいところじゃない？)

こんな発言をしていることが公になれば、女性の人権に敏感な今は大炎上するはずだ。追い打ちをかけるように有家が言った。

「高岡さんの弟さんはまだ大学生で、君が生活の面倒を見ているらしいな。しかも彼は幼少期から心臓が弱く、今も定期的に病院に通っている。経済的にだいぶ苦しいようだと報告書に書かれていた」

「それは……」

「僕と結婚すれば、君が抱えている金の問題はすべてクリアになる。当家の跡継ぎとなる子どもを生んでくれさえすれば、最短二年で自由の身になり、その後は財産分与された金を元手に好きなように生きられるんだ。いい話だと思わないか」

心臓がドクドクと音を立て、真冬はただ目の前の彼を見つめる。有家が腕時計でチラリと時刻を確認し、顔を上げて言った。

「急にこんな話をされてひどく混乱しているだろうから、今すぐここで結論を出せとは言わない。君の人生に関わることだ、じっくり考えてほしい」

「あの……」

「結論が出たら、名刺に書かれている携帯電話の番号に電話をくれるかな。それからこれは今日、牛丼店のアルバイトを休ませてしまった分の日当だ」

「…………」

「じゃあ、僕はこれで」

テーブルに白封筒を置いた彼が立ち上がり、伝票を持って去っていく。

一人席に取り残された真冬は、困惑しながら白封筒を手に取ってその中身を確かめた。すると中には一万円札が一枚入っており、眉をひそめる。

（わたしが牛丼店で三時間働く日給の、倍以上が入ってる。……何だか馬鹿にされた気分）

きっと有家にとって、この程度の金は屁でもないのだろう。

そう考えながら、真冬は手つかずだったアイスティーにストローを入れて一口飲む。そしてラグジュアリーな空間にいることにいたたまれなさをおぼえて立ち上がり、ラウンジを出た。

ホテルの外に出ると日がだいぶ傾き、オレンジ色の西日が辺りを照らしていた。人通りの多い往来を駅に向かって歩きながら、真冬は先ほど聞かされた話をじっと反芻《はんすう》する。

(今日初めてまともに会話をしたわたしに、「跡継ぎとなる子どもを生んでくれ」って提案するなんて、本当にふざけてる。しかも家柄がなくて両親を亡くしてるこっちの境遇を都合がいいだなんて、どれだけ馬鹿にすれば気が済むの)

心にふつふつとこみ上げるのは、有家に対する怒りだった。

生まれ育った境遇に対する見解はもちろん、何より業腹なのはこちらが金銭的にギリギリなのを知って足元を見てきたことだ。まるで「金さえ払えば何でもする浅ましい人間だ」と言われたようで、有家の発言は真冬のプライドを深く傷つけていた。

(ほんの顔見知り程度の人間に、何であそこまで言われなきゃいけないの。高額な謝礼を提示すれば、わたしが喜んで引き受けると思った？　「お金をくれるなら、ぜひあなたの子どもを生ませていただきます」って？　ふざけないで)

先ほどはあまりに予想外のことを言われて何も言い返せなかったが、時間が経《た》つにつれて怒りの感情が強くなり、真冬の目に涙がにじむ。

確かに現在の生活は、金銭的に余裕があるとは言い難い。週に六日の八並珈琲での勤務、牛丼チェーンの三時間のアルバイトを週四回こなす日々は、疲労や気疲れが多かった。

奨学金の返済もあり、少しでも仕事を休めば困窮《こんきゅう》するだろう状況に大きなプレッシャーを感じている。一樹は体力的に大学に通うだけで精一杯だが、無理のない範囲で料理や掃除といった家事をこなしてくれているため、何もかもを一人でやっているわけではない。

だが彼がすべてを受け持つことは負担が大きく、真冬も休みの日に買い出しや料理、洗濯などをしなければならないのが現状だ。

(家賃や水道光熱費、スマホ代、食費……一樹にお小遣いを渡したら、月に一万くらいしか残らない。この生活があと二年は続くんだって考えると、気が遠くなる)

彼が大学を卒業して就職すれば、生活は格段に楽になるだろう。

しかしそれまでの道のりは遠く、真冬は責任感に押し潰されそうなときがあった。他に頼れる親族がおらず、この世にたった二人の姉弟なのだから、助け合うのは当然だ。そう思いつつも精神的につらくなることがあり、それを押し隠すのに苦労していた。

(でも――)

有家の申し出を受ければ楽になるのだという考えが、ふいに真冬の頭に浮かぶ。

彼は先ほど「僕と結婚すれば、君が抱えている金の問題はすべてクリアになる」と言った。真冬の奨学金を一括返済し、さらに一樹の大学にかかる費用も持ってくれる上、毎月潤沢な生活費を手渡して裕福な暮らしを保障すると。

（それってすごいことじゃない？　奨学金がきれいになくなって、今みたいに毎月お金のやり繰りに頭を悩ませなくて済むなんて、嘘《うそ》みたい）

だがその代償は、有家と結婚して彼の息子を生むことだという。

有家は結婚願望はないものの、家業を継ぐ跡継ぎを欲しており、男児さえ生んでもらえればすぐに離婚してもいいのだそうだ。その際には謝礼を含めて充分な財産分与をすると言っていて、真冬の心臓がドクリと跳ねる。

（駄目駄目、何考えてるの、わたし。さっきまで「金さえ払えば何でもする、浅ましい人間のように扱われた」って怒っていたはずなのに、こんなことを考えるなんて）

慌てて自分の中の考えを打ち消しながら、真冬は視線をさまよわせる。

あまりに思いがけないことを言われたせいか、頭がひどく混乱していた。冷静に考えれば有家の提案は突拍子もなく、こちらが下に見られているようで腹立たしい。一〇〇年以上続く高級料亭の社長だという彼はおそらくかなりの資産家で、だからこそ札束で人の頬を引《ひ》っ叩《ぱた》くような真似《まね》が平気でできるのだろう。

（そうだよ。あんな話を真面目に聞くなんて、時間の無駄。——今度あの人が店に来ても、できる

だけ取り合わずに無視しよう）

そうは思っていたものの、有家から持ちかけられた話はかなりインパクトが強く、それから真冬は一週間近く悩み続けた。

彼の提案に乗れば、これから先はお金の心配をせずに済む。奨学金の返済がなくなると金銭面はもちろん精神的なプレッシャーも消え、一樹の大学にかかる費用も支払ってもらえるなら、彼も社会人生活が楽になるはずだ。

加えて離婚の際に財産分与をしてもらえるのだから、その後の人生を余裕を持って立て直すことができる。つまり今のあくせくした暮らしから抜け出すチャンスで、日が経つにつれてその考えは悪魔のように真冬の心を誘惑していた。

（唯一のネックは、有家さんの子どもを生むことだよね。妊娠出産にはリスクがあるし、経過が順調とは限らない。それに離婚するときは、その子を手放さなきゃいけないんだもの）

愛のない結婚で生まれる子どもは、はたして幸せなのかどうか。

もし生んだ子どもに対して強い愛情を抱いてしまったら、手放すときにつらくなってしまう。そう考えると「やはり現実的ではない」という結論に至るものの、気がつけば思考がループしていた。

木曜の午後三時、真冬は店のドアをチラリと見やる。店内には三人の客がいて、それぞれ読書をしたり新聞を読んだりしながらコーヒーを飲んでいるが、有家の姿はない。

ホテルのラウンジで話してからというもの、彼は一度も八並珈琲を訪れていなかった。それまで三日と開けずに来店していたため、真冬はそわそわと落ち着かない気持ちになる。

(やっぱり例の話をしたことが影響して、お店には来ないのかな。もしかして、わたしへのプレッシャーになると思って来店を自重してる……?)

するとカウンターの中でミルの手入れをしていたマスターが、小さな箒《ほうき》で微粉を払いながら「そういえば」と話しかけてくる。

「あの人、最近来ないね。スーツ姿のイケメン」

「えっ」

「いつも深煎りをオーダーして、窓際の席に座る人。週に二回は必ず来てたのに、今週は見ないなって」

「そ、そうですね」

「他にお気に入りの店を見つけたのかなあ。こればかりは好みの問題だから、しょうがないよね」

苦笑してミルを棚にしまうマスターの背中を見つめ、真冬はじっと考える。

やはり有家は、こちらからの連絡を待っているのだろう。真冬が彼の話にまったく興味がないのならこのまま放置していいのだろうが、実際はあの日提示された内容がずっと頭から離れずにいる。

（どうしよう。馬鹿馬鹿しい話なんだから、このまま無視しちゃう？　それともあの人に連絡を取る……？）

もし真冬が連絡をしなければ、有家は深追いせずこのまま話は終わるのだろう。

自分はそれでいいのだろうか。人生を一発逆転するチャンスがやってきたのに、見送って後悔しないだろうか。

じりじりとした思いを持て余しながら八並珈琲での勤務を終え、真冬は徒歩十分のところにある牛丼店に向かう。制服に着替え、厨房《ちゅうぼう》で調理をしたり接客しているあいだも、真冬の頭の隅には有家の話がずっと引っかかっていた。

だからだろうか。中年の男性客が来店して水を出したとき、真冬は誤ってグラスを倒してしまった。零《こぼ》れ出た水はテーブルを濡《ぬ》らしただけで男性には掛かっていなかったものの、彼は烈火《れっか》のごとく怒り出した。

「おい、気をつけてくんねーと困るよ。服が濡れでもしたら、この後の予定に差し支えるだろうが」

「た、大変申し訳ございません」

「ぼーっとしてるからそういうミスをするんじゃねえの？　彼氏と乳繰り合うことでも考えてたのか、ん？」

服が濡れたわけでもないのに半笑いでネチネチとセクハラ発言をされ、真冬は相手の暴言にじっと耐える。

しばらく謝罪を続けたところで店長が出勤し、すぐに対応を代わってくれたものの、バックヤードに戻ると悔しさがこみ上げた。

(服が濡れたわけじゃないのに、何であそこまで言われなきゃいけないの。ジロジロ人の顔や胸ばかり見て、気持ち悪い)

ふいに、「こんな生活はもう嫌だ」と強く思う。

毎日あくせく働き、神経をすり減らして、お金のやり繰りで頭がいっぱいになっている。対価を得るためにあんな客にもひたすら頭を下げる、そんな人生に一体どんな意味があるというのだろう。

(そうだよ。有家さんの子どもを生むのを了承すれば、全部きれいにリセットできる。わたしと一樹の奨学金の返済もなくなって、生活費を稼ぐために必死に働くこともなくて、最短二年で謝礼金までもらえるんだもの。まとまったお金があれば、わたしはそれを元手にその後の人生を思うように生きられる)

愛のない結婚で子どもを生むのが一番のネックだが、たとえ有家と心を通い合わせることがなくとも、生まれてきた息子には自分が精一杯愛情を注いであげればいい。

離婚するとなれば手放すことになってしまうが、最低限の面会権はもらえるはずだ。息子に会うたびに「あなたを大切に思っているよ」と伝えるようにすれば、離婚によるネガティブな影響は最小限に抑えられるかもしれない。

そう考えた真冬は、牛丼店の勤務が終わった午後八時半過ぎにスマートフォンを取り出す。そして先日手渡された名刺に書かれている番号に電話をかけると、三コール目で低い声が応答した。

『――はい、有家です』

「夜分に申し訳ありません。あの、わたし……高岡です」

すると電話の向こうで、有家が「ああ」と声を上げる。

『君か。知らない番号だから、誰かと思った』

「有家さんに、お話があるのですが。その……」

『今どこにいる？』

ふいに問いかけられた真冬は、戸惑いつつ答える。

「牛丼屋さんのアルバイトが終わって、これから帰るところです。最寄《もよ》り駅に向かって歩いています」

『じゃあ駅前にいてくれ。五分もしないで着くから』

通話が切れ、真冬は手の中の名刺をまじまじと見つめる。

そこに書かれている〝杣谷〟の住所はここから目と鼻の先で、今さらながらに彼と行動圏が被《かぶ》っていることに気づいた。

（でも、料亭ってこの時間が一番忙しいんじゃないの？　すぐに出てこられるものなのかな）

そんなふうに考えつつ駅に到着し、真冬は落ち着かない気持ちで入り口付近に立つ。

勢いで有家に電話をしたものの、これから彼に会うと思うとひどく緊張していた。心臓がドクドクと鳴るのを意識しながら、有家と会ったらどう話すかを必死に脳内でシミュレーションする。

そうするうちに、前方からスーツ姿の男性が歩いてくるのが見えた。相変わらず隙のない装いの有家が目の前で立ち止まって、真冬は彼に向かって頭を下げる。

「お呼び立てして、申し訳ありません。電話をかけてから気づいたんですが、この時間帯はお忙しかったのでは」

「いや。俺は常に現場に出てるわけではないから、どうとでもなる」

二人の間を、雑多な匂いのする夜気が吹き抜けていった。顔を上げた真冬は、意を決して口を開く。

「有家さんにご連絡したのは……先日のお話についてのお返事がしたかったからです。この一週間、提示された内容についてよく考えました」

「……………」

「有家さんのお話を、お受けします。あなたと結婚し、杣谷の跡継ぎとなる子どもを生んで、その後しかるべき時期に離婚する。それでよろしいでしょうか」

すると有家が意外そうに眉を上げ、こちらを見た。

「いいのか？」

「はい。ですが結婚するに当たり、条件があります。先日お話ししていた奨学金の件ですが、わたしと弟の二人分を確実に完済すると約束してください。また、月々いただけるという生活費の金額もしっかり決め、出産後に離婚をする際の謝礼金も含めてすべてを文書にして署名捺印《なついん》をしていただきます。それでよろしいですか？」

「ああ」

「有家さんが約束を履行してくださるなら、わたしは杣谷の跡継ぎとなる子どもを生みます。一人目で男の子が生まれなければ、次の子どもも出産するつもりです。それに先立ち、きちんと妊娠できるかどうかを調べるため、専門機関でブライダルチェックを受けてその結果をお渡しします」

真冬が強い決意を漲《みなぎ》らせてそう告げると、彼が口を開く。

「正直言って、高岡さんが俺に連絡をしてくる可能性は低いと思ってた。荒唐《こうとう》無稽《むけい》なお願いをしている自覚はあったし、興信所を使って勝手に素性を調べ上げたことや君の境遇について失礼な言い方をしたことについては、怒って当然だ。許してほしい」

「…………」

「だが、引き受けてもらえてホッとしている。高岡さんのきれいな容姿やおしとやかな雰囲気、それに接客態度を見るかぎりでは、有家家《うち》でも充分やっていけるんじゃないかな。と言っても、ずっというわけではなく数年のことだが」

街灯の灯《あか》りに照らされる有家の顔は、相変わらず端整だった。

上流階級の人間らしい余裕があり、話す声音が落ち着いている。彼が言葉を続けた。

「ブライダルチェックについて、高岡さんのほうから言い出してくれて助かった。すぐに病院を手配して、検査の段取りをつけよう。その結果を待って、うちの両親に結婚を報告する。多少揉《も》めるかもしれないが、それは想定の範囲内だ。俺が上手《うま》く説明するから、君は黙って隣に座っていてくれればいい」

「はい」

「検査結果が出たら、すぐに奨学金の全額返済の手続きをする。併《あわ》せてマナースクールに通う手筈《てはず》を整えるから、入籍まで通ってほしい」

思わぬことを言われ、真冬は慌てて有家に問いかける。

「あの、マナースクールって……」

「テーブルマナーや着物の着付けなどを教えてくれるスクールだ。期間が短いから付け焼刃になってしまうが、何も知らないよりましだろう。うちは着物を着る機会が多いから、所作などを学ぶだけでもだいぶ違うと思う」

伝統ある家に嫁ぐには最低限のマナーを知らなければならないらしく、真冬は予想外の話の流れにひどく狼狽《ろうばい》する。それに気づいたのか、彼がさらりと言った。

「たとえ数年の契約結婚でも、うちに入る以上は女将《おかみ》見習いとして勉強してもらわなければならないから、君には苦労をかける。でも先ほど高岡さんが言ったとおり、諸条件に関してはきちんと書類を作って署名捺印するから、安心してくれ」

「……はい」

自分が後戻りできないところまで踏み出そうとしているのを感じ、真冬は瞳を揺らす。

そんなこちらに手を差し伸べ、握手をしながら有家が言った。

「今日から俺たちは、共通の目的を持つ〝同志〟だ。夫婦となった以上、俺は君を妻として尊重するし、必ず守ると誓う。――これからよろしく」

第二章

そこからの流れは、早かった。

真冬が有家に契約結婚を了承する返事をした翌日、早速彼から契約内容の雛形《ひながた》が届き、双方合意のもとで署名捺印する。

そして有家が指定したクリニックでブライダルチェックを受け、子宮や卵巣の病気がないか詳細な検査を経て、十日ほどで異常なしの結果が出た。真冬が診断書を見せると、内容に目を通した彼が頷《うなず》いて言った。

「君が健康体で、妊娠出産が充分可能なようでよかった。では、うちの親との顔合わせをセッティングしよう」

改まった場所に着ていくような高級な服は持っていないため、無難なツーピースのスーツ姿で初めて有家の自宅を訪れた真冬は、その豪邸ぶりに目を瞠った。

（すごい……）

外観は純日本家屋で、料亭の一部だと錯覚してしまいそうな和の佇まいとなっている。引き戸をくぐると三和土《たたき》には見事な沓脱石《くぬぎいし》が置かれており、建物の中は高級感とモダンさを兼ね備えた造りだ。客間に通されて緊張しながら待つと、やがて有家の両親がやって来る。

「父さん、母さん、紹介するよ。こちらは高岡真冬さんといって、俺が現在つきあっている女性だ」

真冬は精一杯折り目正しく頭を下げ、二人に挨拶した。

「高岡真冬と申します。本日はお時間をいただき、ありがとうございます」

彼の父親の清勝《きよかつ》は六十代前半の痩身《そうしん》の男性で、少し顔色が悪い。

聞けば現在入院中で、今日は病院から外泊許可をもらって帰宅しており、明日には戻らなければならないらしい。一方、母親の早智《さち》は清勝より幾分年下で、和服の似合うしっとりした雰囲気の女性だ。父親が二人を前に、確認する口調で言った。

「いきなり『会わせたい人がいる』と言うから外泊許可をもらって戻ってきたが、これは結婚の報告ということでいいのかな」

「ああ」

有家は真冬がこの近くの喫茶店の店員で、その働きぶりに好感を抱いたこと、両親を亡くして施設で育ち、現在は大学生の弟と二人暮らしで生活費を賄《まかな》うためにダブルワークをしていることなどを話す。すると両親が困惑した様子で、顔を見合わせて言った。

「あなたにおつきあいをしている方がいるなんて、初耳ですよ。いつの間にそんな」

「政財界のお客さまから、縁談の申し込みが複数あっただろう。私たちはその中から選ぶとばかり考えていたんだが」

彼らが施設育ちである自分の素性に難色を示しているのがわかり、真冬は膝の上の拳をぎゅっと握りしめる。

（そうだよね。こんなすごいおうちに住んでいて、老舗料亭の社長だもの。結婚するならそれなりの家の人じゃないと、見劣りする）

そんなふうに考えていたものの、真冬の隣に座った有家が断固とした口調で言った。

「俺は結婚願望がなく、今までそうした縁談をすべて断ってきたが、高岡さんは初めて妻にしたいと思った女性なんだ。他の相手とは結婚する気がないし、父さんと母さんはさんざん『早く身を固めるように』と言っていたんだから、むしろ好都合じゃないかな」

両親は真冬が施設に入ることになった経緯《いきさつ》や弟の一樹について詳細に尋ねてきたものの、そのすべてを有家が代わって答えた。

「とにかく彼女と結婚するから」と言いきった彼が、真冬を促して自宅を出る。彼らは見送りに出てこず、玄関を出た真冬は有家を見上げて言った。

「大丈夫でしょうか。ご両親は、有家さんの結婚相手がわたしであることに納得されていないのでは」

「だろうな。でも、大丈夫だ。俺が二人を説得する」

その言葉どおり、彼は両親との数度に亘《わた》る話し合いの結果、何とか結婚の承諾を取りつけたらしい。

それから三ヵ月は、慌ただしく過ぎた。挙式披露宴の準備を急ピッチで進める傍《かたわ》ら、マナースクールに通って上流階級の暮らしに必要な知識を叩き込む。

一方で有家は約束を履行してくれ、真冬の奨学金を一括返済してくれた。それだけではなく、婚約から一ヵ月後に八並珈琲と牛丼店の仕事を辞めた真冬に、生活費の援助をした。当初は入籍ぎりぎりまで働くつもりだったが、「その時間をマナーの勉強や結婚準備に当ててほしい」と言われるとぐうの音も出ず、真冬はこれまで給与として得ていた金額よりもはるかに多い生活費をありがたく受け取った。

（仕事を辞めるだけで、こんなに身体が楽になるなんて。でもマナースクールでいろいろと学ぶことが多いから、こっちはこっちですごく大変）

コース料理などの食事マナーや礼儀作法、茶道や着物の着付け、生け花や習字など、その内容は多岐に亘り、これまでそうした世界に触れたことがない真冬はカルチャーショックを受けていた。

しかも有家と結婚したあとは義母の早智の下で若女将として修業をしなければならないと聞き、今から兢々《きょうきょう》としている。

（わたし、上手くやっていけるのかな。本来の目的は早く妊娠して子どもを生むことだから、若女将修業はメインじゃないけど……）

真冬には、気になっていることがもうひとつある。

それは有家の態度についてだ。子どもを生むという条件の契約結婚をする以上、自分たちの関係においては性行為がもっとも重要になるのは承知していた。そのため、ブライダルチェックの結果が出た時点で真冬は有家に身体の関係を求められるのを覚悟していたものの、彼はまったくそんなそぶりを見せなかった。

過去に男性との交際経験がある真冬は、今さらかまととぶるつもりはない。それでも、恋愛感情を持っていない相手と行為をすることにひどく緊張していただけに、彼の態度には戸惑いと安堵《あんど》が入り混じった複雑な気持ちをおぼえた。

（わたしたちは恋愛感情を持って結婚するわけじゃないんだから、これが当たり前なのかな。それとも有家さん、そういうことに淡白な性質とか？）

もしかすると女嫌いで、跡継ぎ問題のために仕方なく結婚するだけなのかもしれない。

そう考えれば有家の態度にも納得ができ、真冬は「貧乏暮らしもつらいものだが、名家に生まれるとそういう煩《わずら》わしさがあるものなのか」と彼に同情する。家業と財産を守るためだけに結婚して子どもを作らなければならないのだとしたら、そういう願望のない有家にとって苦痛以外の何物でもないだろう。

そんなことを考えているうちにあっという間に三ヵ月が過ぎ、まだ暑さが残る九月一日、大安吉日に真冬は有家と結婚式を挙げた。

前日の夜に婚姻届を提出したあと、都内の一流ホテルで挙式披露宴を行ったが、有家家は長年料亭を営んでいるだけあって顔が広く、招待客は三〇〇人近くなった。一方の真冬は親族が弟の一樹しかおらず、友人を呼んでも十数人という微々たるもので、有家から「気になるならエキストラを頼もうか」と提案されたものの、それを断った。

（取り繕ったって、仕方がない。結婚式で誤魔化したってわたしに親族がいない事実は変わらないし、友達も知ってることだもの。そんなことにお金を使うほうが無駄）

そう思っていたものの、いざ本番になってみると有家家の親族たちは皆こちら側のゲストが少ないことに眉をひそめており、真冬は彼らの厳しい視線を感じた。

おそらく両親が亡くなっていることや児童養護施設で育ったことが、義両親から伝わっているのだろう。自分たちが名家出身であると自負している親族たちが、真冬が有家の妻としてふさわしくないと考えているのが雰囲気でありありと伝わってくる。

一方の有家はといえば、招待客に対して如才《じょさい》なく対応していた。新妻である真冬の晴れ姿を褒められれば「僕が彼女に一目惚れ《ひとめぼ》し、結婚を承諾してもらったのです」とにこやかに答え、いかにも幸せそうに振る舞っている。

せっかくの披露宴なのに次第に暗澹《あんたん》たる気持ちになってきて、高砂席《たかさごせき》に座る真冬は目を伏せた。

自分の選択が本当に正しかったのか、今さらながらに迷いがこみ上げてきたものの、ふとこちらを心配そうに見つめている一樹の視線に気づき、表情を引き締める。

(こんな顔してちゃ駄目。全部自分で考えて決めたことなんだから)

真冬が有家との契約結婚に応じたのは、弟の存在が大きい。

心臓に持病を抱える彼は定期的に通院しつつ大学に通っており、体調面の不安からアルバイトができない。そのため真冬が家計を一人で担っている状態で、「もし自分が倒れたら収入がなくなる」という不安が常に付き纏《まと》っていた。

だが有家から渡される月々の手当で一樹の生活を賄うことができ、金銭的な問題が一掃されている。離れて暮らすのには不安があるものの、彼は「一生お姉ちゃんと一緒にいるわけじゃないんだし、お互いの道を歩むときが来たんだよ」「病気に関しては自己管理できるから大丈夫」と言い、毎日些細《ささい》な体調の変化でも報告してもらうということで折り合いがついた。

(一樹は昨夜、「お姉ちゃんは今まで俺のために苦労してきたんだから、幸せになって」って言ってくれた。騙《だま》す形になってしまったのは申し訳ないけど、有家さんとの結婚はわたしとあの子の未来のために必要なことだ)

自分の奨学金を支払ってもらい、この先数年分の一樹の生活費と離婚後の謝礼金を手に入れる。

そのためには一日も早く妊娠し、男の子を出産しなければならない。そう決意を新たにした真冬は、まっすぐ前を向く。そしてこちらを見てヒソヒソと言っている有家家の親族たちを前に、背すじを伸ばした。

(好きなだけ陰口を叩けばいい。あの人たちとはこのあと関わることはないんだから、気にする必要なんてない)

やがて二時間半の披露宴が終わり、夜は親族との食事会になった。

それも終了すると午後八時で、朝から着付けやメイクで休む暇もなかった真冬は、さすがに疲労《ひろう》困憊《こんぱい》する。だがこのあとは、いよいよ初夜だ。

(どうしよう、緊張してきた。何しろこういうことは数年ぶりだし)

真冬は一応処女ではなく、短大時代に交際した男性と初体験は済ませていた。

彼とは半年ほどつきあったものの、真冬のアルバイトが忙しかったせいでなかなか会う時間が取れず、向こうが浮気をしたのを理由に別れている。

つまり経験人数は一人だけで、回数もさほど多くなく、にわかに不安がこみ上げてきた。

(どうしよう、上手くできるかな。そもそも有家さんって、性欲あるの?)

婚約していた三ヵ月間、有家とは挙式の打ち合わせがてら数回食事をした。

「勉強になるから」という理由でつきあいのある料亭やレストランに連れていってもらい、ときには酒を飲むこともあったが、色めいた雰囲気になったことは一度もない。手ひとつ繋《つな》がない至って健全な関係で、食後はタクシーに乗せられて帰るのが常だった。

(三十一歳で性欲が涸《か》れるって、早すぎない？　子どもが欲しいって言ってたから行為自体はするんだろうけど、元々淡白な性質ならあっさり終わるのかも)

たとえそうでも、自分はまったく構わないと真冬は考える。

いわば義務の行為なのだから、内容は濃くなくていい。さっさと終わってくれるなら、こちらとしては万々歳だ。

そんなふうに考えつつ、真冬は有家と連れ立って挙式披露宴を行ったホテルのスイートルームに移動する。中は広々としたリビングと寝室に分かれており、重厚な家具が映《は》えるヨーロピアンなインテリアとあちこちに生けられた華やかな生花、大きな窓から見渡せるきらめく東京の夜景がロマンチックな雰囲気を醸し出していた。

「……すごいですね。わたし、スイートルームって初めて来ました」

「まあ、普通に暮らしていたらなかなか来ないよな」

「有家さんは、泊まったことがあるんですか？」

真冬が問いかけると、彼がふいに言う。

「――幸哉だ」

「えっ？」

「君ももう〝有家〟になったんだから、名前で呼ばないとおかしいだろ」

もっともな指摘に、真冬はぎこちなく答える。

「……そうですね。では、幸哉さんとお呼びしてもよろしいですか？」

「ああ。俺は君を、〝真冬〟って呼ぶから」

さらりと呼び捨てにされ、しかもこれまで〝僕〟だった一人称が〝俺〟になっていて、何ともいえない気持ちになった真冬は気まずさを誤魔化すように踵を返しながら言った。

「あの、わたし、お風呂のお湯を入れてきますね」

「いや、あとでいい」

ふいに肘《ひじ》をつかんで身体を引き寄せられ、真冬の心臓が跳ねる。

気がつくと思いのほか近くに有家の身体があり、ドキリとした。彼がこちらを見下ろして言う。

「今日の真冬は、きれいだった。神前式の白無垢《しろむく》も披露宴のときのドレスもよく似合っていて、招待客から『きれいな花嫁さんだ』って言われて俺は鼻が高かったよ」

「そうでしょうか。確かに幸哉さんの前ではそう言ってましたけど、ご親族の大半にわたしは歓迎されていなかったと思います。やはり親戚の方々からすると、わたしの出自がネックになっているのかもしれません」

　すると有家が、「確かにな」とつぶやく。

「親戚には何かと口うるさいことを言う人間がいるし、家柄に変なプライドを持っている輩《やから》もいる。もし彼らに直接何か言われたら、俺に報告してくれ。すぐに対処するから」

　彼がこちらを守ろうとする姿勢を見せてくれ、真冬は少し意外に思う。

　もっとドライな印象だったものの、一応は〝妻〟として扱ってくれるつもりらしい。そんなふうに考える真冬に、有家が言った。

「さて、これから初夜だ。俺たちの結婚の目的は跡継ぎをもうけることだから、避けては通れないことだけど、覚悟はできてるか？」

　逃げられない距離から問いかけられ、にわかに心拍数が上がるのを感じながら、真冬は彼を見つめて応える。

「できてます」

「そうか。だったら君が先に風呂を使ってくれ。お湯を溜《た》めてくれていいから」

「わかりました」

＊　＊　＊

真冬がバスルームに消えていき、ドアが閉まる。それを見送った有家幸哉は、小さく息をついた。

(ああは言ったものの、ちゃんと覚悟はできているのかな。何しろ俺たちは、世間一般の新婚夫婦とは違うから)

今日、有家は高岡真冬と入籍し、挙式披露宴を執り行った。

都内の老舗ホテルで行われたパーティーは盛大で、古くから高級料亭を営む有家家らしい華やかなものになった。親戚縁者の誰もが笑顔で祝いの言葉を述べてくれたものの、先ほど彼女が言っていたように本音は違うことを有家は知っている。

(あの連中、彼女に聞こえるように嫌みを言いやがって。よほど俺と結婚したのが面白くないのか)

一〇〇年以上続く老舗料亭の息子である有家は、父の跡を継いで社長になって以来持ち込まれる縁談の数が格段に増えた。

大学卒業後から杣谷に入社して九年、旧態依然とした経営から脱却し、百貨店向けの弁当事業を始めたり、ごく限られた上得意をターゲットにケータリングを受けたりといったアイデアが功を奏し、専務としての有家の手腕は高く評価されていた。

そのため、お得意さまである政財界の顧客だけではなく親戚関係からもいくつも縁談の申し込みがあり、あまりの数にうんざりしてしまった。元々仕事人間で結婚願望がない有家はすべてを当たり障りなく断っていたものの、伝統ある家業を引き継いでいくという〝義務〟がネックだった。

（子どもさえできれば、御の字なんだけどな。仕事で忙しくて家庭を顧みる余裕はないだろうから、すべてを納得ずくで跡継ぎを生んでくれる女性がいればいいんだが）

しかし顧客の紹介で結婚した相手にそんな扱いをすれば、角が立つ。

そもそも自分のこうした考えが社会的に受け入れられないのは理解しており、口に出したことは一度もなかった。だがあるときふと、「家柄がない女性に、ビジネスで子どもを生んでもらうのはどうだろう」というアイデアが浮かんだ。

（持ち込まれた縁談のどれかを受ければ断ったほうと軋轢を生んでしまうが、身寄りも家柄もない女性を選べばどことも角が立たないはずだ。相応の対価を払えば、契約として子どもを生んでくれる女性がいるかもしれない）

とはいえ、たとえ数年間の結婚でも有家家に入る以上はそれなりの容姿や品格が必要になるため、ハードルは高い。

そんなふうに考えていた矢先、最寄り駅近くの喫茶店にふらりと入った有家は、そこで働く真冬を見つけた。彼女は艶やかな長い黒髪を後ろで結わえた華奢《きゃしゃ》な身体つきの持ち主で、顔立ちは清楚に整っている。

接客態度は丁寧で、常連客とは馴れ馴れしすぎない絶妙な距離感で接しており、手が空いているときは店内の備品を補充したり窓際に飾られた鉢植えの手入れをしたりと、気が利く印象だ。

何より背すじが伸びた立ち姿に品があり、まるで白百合《しらゆり》のような雰囲気を醸し出していて、そのしとやかさは上流階級の令嬢と比べても遜色なかった。

真冬に興味を抱いた有家は、興信所に依頼して彼女の素性を調べてもらった。すると小学生のときに母親を亡くして児童養護施設で育ったこと、心臓病を抱える弟を大学に通わせるためにダブルワークで稼いでいることがわかり、「理想どおりだ」と考えた。

（彼女の容姿は整っているし、接客慣れしているのはうちの家業にとって都合がいい。苦労人で金銭的に困窮しているなら、俺は提示する話に乗ってくれるかもしれない）

かくして有家は、真冬に接触を持った。

こちらの話を聞いた当初、彼女は勝手に素性を調べ上げられたことに怒りをおぼえたようだった。そして「金と引き換えに子どもを生んでほしい」と言ったときはこわばった顔をしていて、有家は自分の見通しが甘かったのを悟った。

（突然呼び出されて、ろくに知らない相手から「金に困ってるんだろう」「ビジネスで子どもを生んでくれ」って言われたら、怒って当たり前だよな。両親を亡くして苦労してきた境遇を、馬鹿にされたと思ったかもしれないし）

まずは友人としてつきあうなり、一定のプロセスを踏むべきだっただろうか。

だが有家も真冬も毎日仕事で忙しく、親交を深める時間を作るのは大変だ。ならばと単刀直入に切り出したものの、彼女が承諾する確率は半分以下だと考えていた。

駄目元で切り出した話なのだから、真冬の反応を待とう。もし二週間が過ぎても返事がこなかったら、潔く諦めよう——そう考えていた有家だったが、彼女からはちょうど一週間後に連絡がきた。

そして金銭関係の約束を必ず履行すると約束してほしいこと、すべてを書面にしてもらいたいとの申し出があり、有家はそれをのんだ。

あれから三ヵ月、挙式の準備を急ピッチで進める中で会う機会が増えたが、しとやかで品があるという真冬の印象は変わらなかった。身に着けているものは高価ではないのだろうが、彼女が着るとまるでブランドもののようにきちんとして見える。

メイクは派手ではなく、ポイントを押さえて顔立ちを際立たせるもので、爪もきれいに整えていて全体に清潔感があった。話す口調も落ち着いており、おとなしいが芯があるのを感じさせる。

（興信所の調べでは男の影がまったくなかったというが、この子は今まで交際経験があるのかな。これだけの容姿だから、普通にもてそうな気がするが）

ブライダルチェックで妊娠出産が可能であることを確認し、両親にも結婚の報告を済ませたのだから、早速行為に持ち込んでもよかったのかもしれないが、有家はあえてそうしなかった。

真冬には入籍までマナースクールに通ってくれるよう要請しており、礼儀作法や華道、茶道、書道などを勉強してもらっている。子どもを作るだけであればそんな知識は必要なく、これは完全にこちら側の都合だ。

なまじ有家家に家柄があるため、真冬が恥をかかないようにという配慮だったが、彼女には相当な負担を強いてしまっている。そんな中で子作りまで始めてしまっては、きっと疲れるに違いない。そう思い、手ひとつ繋がないまま挙式の日を迎えた。

(でも……)

式を終えた今夜は、いよいよ初夜だ。バスルームに入っていった真冬は、それから一時間近く戻ってこなかった。

やがてリビングにやって来た彼女はバスローブ姿で、長い髪を後ろで緩くまとめており、うつむきがちに言う。

「遅くなってすみません」

「いや。俺も入ってくるから、楽にしててくれ」

そう言って立ち上がった有家はバスルームに向かい、入浴を済ませる。

髪を乾かしてから戻ると、真冬は窓辺に立って夜景を眺めていた。有家はミニキッチンに向かい、ワインクーラーで冷やされていたシャンパンに目を留めて言う。

「少し飲まないか?　せっかくいいシャンパンを用意してもらってるから」

栓を開け、二つのグラスに注いで窓辺に持っていく。

片方を彼女に手渡した有家は、グラス同士を触れ合わせて微笑んで言った。

「乾杯」

「――……」

ほんの少しだけ中身に口をつけた真冬が、ぎこちない動きで目を伏せる。シャンパンは弾《はじ》ける気泡と後味が爽《さわ》やかで、グラスの半分ほどを飲んだ有家は彼女に向かって問いかけた。

「緊張してるか？」

「す、少し……」

「俺には特殊な嗜好《しこう》などはないから、安心してくれ」

すると彼女が顔を上げ、意を決した様子で問いかけてきた。

「幸哉さんに、聞きたいことがあります」

「何だ？」

「これまでわたしに手を出さなかったのは、性行為に淡白だからですか？　それとも、わたしに手を出したいと思うほどの魅力がないからですか」

どうやら真冬は、この三ヵ月間清い関係だったことに戸惑いをおぼえていたらしい。有家は小さく噴き出して答えた。

「ここ数年は女性とつきあうことがなかったからそういう行為をしてないだけで、自分が特別淡白だという認識はないな。それなりに性欲はある」

「そ、そうですか」

「君に魅力がないかという質問だが、充分すぎるくらいにあるよ。整った顔、真っすぐな黒髪、華奢な体型――八並珈琲で初めて見かけたとき、『ずいぶんきれいな子がいるな』と思ったし、他の客も真冬の姿をチラチラ見ていた。この三ヵ月間、何度触れようとして我慢したことか」

するとと彼女はわずかにむくれ、視線をそらしつつ言う。

「……信じられません。幸哉さんはいつも涼しい顔で、そういう雰囲気を一切出さなかったので」

「確かめてみるか？」

有家は真冬の手からシャンパングラスを取り上げ、すぐ傍のテーブルに置く。

そして華奢な身体を引き寄せると、上から覆い被さるようにして唇を塞いだ。

「ん……っ」

口腔《こうくう》に舌で押し入ると、彼女がくぐもった声を漏らす。

小さな舌が逃げるような動きをし、有家はそれを捕らえてぬるりと絡めた。ざらつく表面を擦り合わせ、側面をなぞりながら喉奥まで探る。角度を変えて口づけ、ますます執拗《しつよう》に舌を絡める動きに、真冬がこちらのバスローブの胸元を強くつかんだ。

「うっ……ふっ、……ん……っ」

呼吸がままならないのか、彼女が唇を離そうとするものの、有家はそれを許さない。

後頭部をつかんで引き寄せ、より深く口づける。ようやく唇を離した頃、真冬は涙目で息も絶え絶えになっていた。

「はぁっ……」

その表情は存外色っぽく、有家の中の劣情が刺激される。彼女の身体を再び抱き寄せ、小さな耳朶《じだ》に口づけた。形をなぞり、そのまま首筋に唇を這《は》わせると、真冬が小さく「あの」と訴えてくる。

「ゆ、幸哉さん、ここじゃ……」

「だったらベッドに行こうか」

彼女の腕をつかみ、有家は続き間にあるベッドルームに向かう。

するとそこは挙式後に泊まる部屋にふさわしく、いたるところに花が飾られたロマンチックな空間だった。振り返った途端に真冬と視線が合い、有家は彼女の身体を引き寄せる。そしてベッドに押し倒し、バスローブの紐《ひも》をするりと解いた。

「あ……」

はだけた合わせから眩《まぶ》しいほど白い素肌が現れ、真冬がかあっと頬を赤らめる。

彼女の胸のふくらみは若干小ぶりではあるものの形が美しく、手のひらに包んで押し回すと跳ね返してくる弾力があった。ときおり強く揉むうち、真冬が息を乱し始める。先端部分を摘まんだ瞬間、彼女が「んっ」と眉をひそめ、そこがすぐに芯を持った。

つんと尖《とが》って色づいた先端を、有家は口に含む。舌先でつつき、転がしたりじっくりと舐《な》めると、真冬が声を漏らした。

「はぁっ……ぁっ……」

ふくらみをつかみ、硬くしこった尖りを強く吸い上げた瞬間、彼女の嬌声《きょうせい》が高くなった。

唇を離すとそこは唾液で濡れ光り、赤みを増しているのがいやらしい。もう片方の胸も同様に愛《あい》撫《ぶ》しながら、有家は真冬の太ももを撫《な》で上げた。すべすべとした感触を愉《たの》しみつつ下着に触れると、そこはじんわりと熱くなっている。

(感じやすいな。この子は顔だけじゃなく、身体もきれいなのか)

胸の先を舐めながら視線を上げたところ、上気した顔の彼女と目が合う。

強い羞恥《しゅうち》をおぼえつつも、その瞳には確かに快感がにじんでおり、嫌がっている様子はない。それに安堵した有家はレースの下着の中に手を入れ、脚の間に触れる。するとそこは既に潤んでおり、胸の先端を吸うのをやめないまま指を動かした。

「うっ……んっ、……あ……っ」

花弁の上部にある花芽に触れた途端、真冬の声が一段高くなる。

愛液を纏った指で突起を押し回すうちに愛液の分泌が増えて、蜜口からゆっくり指を埋《うず》めた。中はぬるついてはいるものの狭く、指をきつく締めつけてきて、有家は彼女に問いかけた。

「だいぶ狭いけど、もしかして初めてか？」

「……っ、違います。三年前に彼氏がいたことがありますから」

「それ以来してないってことか。だったらもう少し慣らしたほうがいいな」

より深くまで指を埋めていくと、真冬がビクッと身体を震わせる。

「んぁっ！」

「痛いか？」

「痛く、ないですけど……んっ……」

中を拡《ひろ》げながら、有家は隘路《あいろ》で指を抽送する。次第に潤いが増し、ぬちゅりと音を立てながら指を根元まで埋めた途端、彼女が感じ入った声を漏らした。

「はぁっ……」

柔襞《やわひだ》がうねるように指に絡みつき、行き来させるたびに溢《あふ》れ出た愛液が手のひらまで濡らしてくる。小さな入り口をいっぱいに拡げ、指を根元までのみ込んでいる様がひどく淫靡《いんび》で、有家はゾクゾクと性感を刺激された。

「あ……っ」

指をズルリと引き抜いた有家は、身を屈めて真冬の脚の間に顔を伏せた。

しとどに濡れた花弁に、舌を這わせる。溢れ出た蜜《みつ》を舐め取り、上部にある花芽を舌でつついた瞬間、白い太ももが震えた。舌で押し潰して音を立てて吸い上げる動きに高い声を上げ、彼女が腕を伸ばしてこちらの頭に触れてくる。

「ぁ、それ、嫌……っ」

訴えを物ともせずに行為を続けると、敏感な快楽の芽を舐め回された真冬が啜《すす》り泣きのような喘《あえ》ぎを漏らす。

普段は人形めいた雰囲気の彼女が愛撫に乱れる様はひどく淫靡で、有家の欲情を強く煽《あお》った。さんざん啼《な》かせて感じさせたあと、有家は口元を拭《ぬぐ》って上体を起こす。そして自身のバスローブの腰紐を解き、バサリとそれを脱ぎ捨てた。

「あ、……」

あらわになった上半身を見た真冬が、かあっと顔を赤らめる。

下着に手を掛けて下ろし、充実した昂《たか》ぶりを取り出した有家は、彼女を見下ろして問いかけた。

「子どもを作るのが目的だから、避妊はしない。それは今回だけではなく、君を抱くたびに毎回だ。構わないか?」

「……っ、はい」

にわかに緊張した様子の真冬が、わずかに足先を動かす。

その膝頭をつかんで脚を大きく広げさせた有家は、身体を割り込ませた。そして屹立《きつりつ》の幹をつかみ、愛液でぬるぬるになった花弁にじっくりと擦りつける。

「うっ……ぁ……っ」

剛直を動かすたびに粘度のある水音が立ち、蜜口がヒクヒクと震える。

割れ目をなぞりつつ亀頭で花芽を押し潰すと、真冬の腰が跳ねた。しばらくそうして自身に愛液を塗りつけたあと、有家は切っ先で入り口を捉える。そしてぐっと圧をかけ、亀頭をゆっくりと彼女の中に埋めていった。

「んん……っ」

隘路《あいろ》を拡張しながら進み、太い幹から根元までを深くのみ込ませていく。

ぬめる内襞が絡みつき、わななきつつ締めつけてくる感触は甘美で、思わず熱い息が漏れた。何度か腰を揺らしてすべてを収めた有家は、動きを止める。そして浅い呼吸をする真冬を見下ろし、問いかけた。

「痛くないか？」

「……っ、ちょっと苦しいです」

「じゃあしばらくじっとしていよう」

隙間なくぴっちりと密着した内壁に断続的に締めつけられるのは心地よく、このままでも達《い》けそうなほどの快感があった。避妊具なしに女性と性行為をしたのはこれが初めてだが、薄い膜があるのとないのとではこんなにも感覚が違うものかと驚きをおぼえる。

（すごいな。これは癖になりそうだ）

そんなふうに考えた有家は、上体を倒して彼女の上に覆い被さり、その目元に口づける。そして間近で見つめ、甘くささやいた。

「生でするのは初めてから、少し感動してる。君の中は気持ちいいな」

「……っ」

「そろそろ動いてもいいか」

緩やかに腰を揺らした途端、中がゾロリと蠢《うごめ》いて幹を舐める。わずかに腰を引き、すぐに奥深くをずんと穿《うが》つと、真冬が「あっ」と声を上げた。

「うっ……はぁっ……あ……っ」

身体を密着させながら少しずつ抽送を大きくし、有家は彼女の内部をじっくりと味わう。

動くたびに愛液の分泌が増え、動きがスムーズになった。ぬめる柔襞の感触と中の狭さが心地よく、ぐちゅぐちゅという淫《みだ》らな水音が快感を助長してやまない。

真冬が潤んだ瞳でこちらを見ていて、有家は引き寄せられるように彼女に口づけた。

「は……っ」

ぬるつく舌を絡ませ、蒸れた吐息を交ぜる。

そうしながらも剛直で繰り返し真冬の中を穿つと、内壁がビクビクと震えた。律動のリズムで小さく声を漏らすのが可愛《かわい》らしく、腰の動きを止めることができない。

気がつけば有家は、目の前の彼女を抱くことに夢中になっていた。もっと抱きたい、征服したい。そんな願望がこみ上げ、律動がどんどん激しくなっていく。

「あっ……はぁっ……あ……っ」

どこまでも高まっていく熱と息遣いに、互いに煽られる。

細い腰をつかんで深い律動を繰り返しつつ、胸のふくらみが揺れる様とぬかるんで狭い内部の感触に、じりじりと射精感がこみ上げた。真冬の中を穿ちながら、有家は吐息交じりの声で問いかける。

「このまま奥に出すけど、いいか？」

「……っ」

彼女はかすかに瞳を揺らし、すぐに頷く。

それを見た有家は、一気に律動を速めた。蕩《とろ》けた内部に傲然《ごうぜん》と押し入り、根元まで突き入れる。

ビクビクとわななく隘路は真冬が感じていることを如実に伝えてきて、互いの官能が熱いうねりとなって階《きざはし》を駆け上がろうとしていた。

「はぁっ……んっ……ぅっ……あ……っ！」

ひときわ深く突き入れた切っ先で、最奥を押し回すようにする。

すると彼女が高い声を上げて背をしならせ、絶頂を極めた。その瞬間、圧が強まった内壁に肉杭《にくくい》がきつく食い締められて、有家はぐっと奥歯を噛《か》んで熱を放った。

「……っ」

ドクッと吐き出したあと、二度、三度と吐精し、得も言われぬ愉悦を味わう。絶頂の余韻に震える内襞が幹に絡みつき、搾《しぼ》り取るような動きをしていた。熱い体液を余さず真冬の中に注ぎ込み、有家は充足の息を吐く。彼女を見下ろすと、汗だくで黒髪を乱した姿がひどく煽情的《せんじょうてき》だった。

「……大丈夫か？」

腕を伸ばして頬に触れながら問いかけたところ、真冬が小さく「はい」と答える。

有家は彼女の中から、自身を引き抜いた。すると蜜口から白濁した精液が溢れ、シーツに伝って落ちる。その様子に妙な感慨をおぼえるこちらをよそに、真冬が居心地悪そうに脚を閉じ、ポツリと言う。

「……これで、妊娠したでしょうか」

「どうだろう。一回で妊娠する夫婦もいるだろうが、こればかりは何とも言えないな」

初めて彼女を抱いた有家は、行為の前と後では明らかに意識が変わったのを感じる。

最初は仕事相手に近い感覚で接しており、真冬が何かと多忙なのを考慮して手を出さずにいたものの、女性として魅力的だと思っていた。だが実際に抱いてみると、ほっそりとしてきれいな身体はもちろん、敏感な反応や普段は見せない色っぽい表情に惹《ひ》きつけられ、格段に距離が近くなった気がする。

ベッドサイドに置かれたティッシュで後始末をし、備えつけの冷蔵庫から冷えた水のペットボトルを二本持ってベッドに戻ると、彼女は既に寝息を立てていた。おそらく朝早くから挙式の準備に追われ、一日を通して気を張っていたために疲れたのだろう。

腕を伸ばし、顔に乱れ掛かる黒髪をそっと払ってやった有家は、そのまま真冬の頬を指の関節で撫でる。結婚初夜が滞りなく終わってホッとする反面、心のどこかが落ち着かない気がして、何ともいえない気持ちになった。

これから真冬と子作りのための行為を重ね、無事に妊娠出産を終えたあとは離婚する運びとなる。それなりの対価を払うために完全な〝ビジネス〟になるが、思ったよりドライではない自分が少し意外だった。

（……まあ、これからどうなるかわからないけどな）

小さく笑った有家は、彼女の隣に身を横たえる。

そして真冬の剝《む》き出しの肩に寝具を掛けてやり、心地よい疲労を感じながら目を閉じた。

第三章

頬に触れるリネンの感触がいつもと違うことに違和感をおぼえ、真冬はふと目を覚ます。

それと同時にすぐ傍にぬくもりを感じ、ぼんやりと瞼《まぶた》を開けるとそこには裸の男性の身体があって心臓が跳ねた。

（えっ、この人って……えっ？）

半ばパニックになったものの、すぐに彼が有家であることに気づく。

（そうだ、昨日……）

――昨日、自分は有家幸哉に抱かれた。

そのことを思い出した途端、スイートルームに来てからの一部始終が脳裏によみがえり、真冬は一気に恥ずかしくなる。

朝から挙式披露宴を執り行い、その後親族の食事会を終えた真冬は、この部屋に来たとき疲労困憊だった。だがこの結婚の目的は子作りなのだから、初夜を拒むわけにはいかない。そう考えたもののの、いざそういう場面になるとにわかに緊張が募った。

いくら契約だとはいえ、恋愛感情のない相手にこのまま抱かれて自分は後悔しないだろうか。妊娠出産をするとなれば、身体的なリスクを伴う。そんな考えが頭をよぎったものの、真冬はすぐにそんな自分を叱咤《しった》した。

(これまでさんざん考えて自分で決断したんだから、今さら躊躇《ためら》うなんて間違ってる。しかも有家さんは契約どおりに奨学金や生活費を支払ってくれたんだもの、今度はわたしが約束を守る番だ)

とはいえ今まで手ひとつ繋がなかったのだから、有家はおそらく性的に淡白な性質なのだろう。もしくはこちらを子どもを生む道具としか思っておらず、異性としての魅力を感じていないのかもしれない。

そう思い、自分の中の疑問を彼に率直にぶつけてみたところ、「ここ数年は女性とつきあうことがなかったからそういう行為をしていないだけで、それなりに性欲はある」「君に魅力を感じていなかったわけではない」と答え、濃密なキスを仕掛けてきた。

(……すごかった)

キスはもちろん、その後なし崩しにベッドに行って始まった行為は、真冬の想像をはるかに超えるものだった。

過去に一人としか交際経験のない真冬に対し、有家は終始大人の男の余裕があった。じわじわと官能を高めていく手管《てくだ》に真冬がすっかりグズグズになった頃、ようやく中に押し入ってきて、それから長いこと喘がされた。

行為中の彼は汗ばんだ顔やときおり漏らす押し殺した吐息に男の色気があり、それまで抱いていた〝淡白〟という印象は今やすっかり覆されている。触れる手や腰使いがひどく巧みで、どんなふうに動かれても快感があったのを思い出し、真冬の身体の奥がふいにじんと疼《うず》いた。

(やだ、わたし……)

久しぶりの行為で局部にはヒリヒリした痛みがあるのに、昨夜の行為を思い出しただけで最奥が蠢いている。

中に出されたせいでぬるつく感触があり、一刻も早く残滓《ざんし》を洗い流したくてたまらなくなった。

真冬は自分の身体を抱き寄せている形の有家の腕をどけるべく、わずかに身じろぎする。すると彼がぼんやりと目を開け、こちらを見つめてつぶやいた。

「……おはよう」

「お、おはようございます」

「今、何時?」

「え、えっと」

有家が問いかけてきたものの、スマートフォンが手元にないせいで時刻がわからない。

だがベッドサイドの棚に置き時計があるらしく、真冬の身体越しにそれを見た彼がつぶやいた。

「七時か。いつもより寝坊したな」

挙式披露宴の翌日である今日は、有家は仕事の休みをもらっているという。

そのため、チェックアウトの正午までゆっくりできることになり、確かに起きるにはまだ早い時間といえなくもない。だが何ともいえない気まずさをおぼえた真冬は、彼の顔を見ないようにしながら言った。

「あの、わたしはお風呂に入ってきますから、幸哉さんはゆっくり寝ていてください」

「じゃあ、俺も入ろうかな」

「えっ？」

「二度寝はしない性質《たち》なんだ。せっかくだし、一緒に朝風呂もいいだろ」

真冬は狼狽し、慌てて身体を起こしながら言った。

「一人で入ったほうが、きっとゆっくりできますよ。わたし、急いで上がりますから――」

しかし有家はベッドの下に落ちていたバスローブを拾い、こちらに手渡してくる。

そして自身もおざなりに羽織ると、真冬の腕をつかんでバスルームに向かって歩き出した。

（嘘。ほんとに一緒に入る気……？）

彼とは昨夜初めて抱き合ったばかりで、恋人同士ですらない。

それなのにいきなり一緒に入浴するのはハードルが高く、拒みたい気持ちでいっぱいだった。しかし脱衣所に入った有家は、自身が着ていたバスローブをさっさと脱ぐ。

そして引き締まった裸体を惜しみなく晒《さら》しながら先に浴室に入り、浴槽にお湯を溜めつつ言った。

「そこにタオルがあるから、真冬のタイミングで入ってきてくれ。俺は先に身体を洗ってる」

「……っ」

そう言って目の前で曇りガラスの扉が閉められてしまい、真冬は所在なく立ち尽くす。

おそらく彼はこちらの戸惑《とまど》いを知っていて、あえて猶予を与えてくれたのだろう。真冬はバスローブを胸元に掻《か》き寄せ、グルグルと思い悩む。

（どうしよう、このまま知らんぷりしたら感じ悪いよね。じゃあ一緒に入らなきゃいけないってこと？）

はたして自分たちの〝契約〟に、こういったことまで含まれるのだろうか。

そんな疑問が湧いたものの、結局真冬はバスローブを脱ぎ、棚の上にあったタオルで身体の前を隠してドアを開けた。

するとシャワーのお湯を出して温度調節をしていた有家が、こちらを見て微笑んだ。

「何だ、意外に決断するのが早かったな」

「そういうことを言うなら、わたしは後にします」

真冬がムッとして踵を返しかけると、彼が肘をつかんで呼び止めてくる。

「待て。冗談なんだから、本気にするなよ」

足を止め、居心地の悪い気持ちでうつむくと、有家がクスリと笑って言った。

「せっかく式の翌日なんだから、仲よくしよう。身体を洗ってやるよ」

「結構です。自分でできますから」

「いいから、ほら」

シャワーのお湯を掛けられ、前を隠していたタオルがみるみる濡れて肌に貼りつく。

身体の線が浮き出ていくのがわかって、真冬はかあっと頬を赤らめた。それでもタオルを外さずにいると、有家が言う。

「タオル、どけてくれないと洗えないんだが」

「ほ、本当にいいです。自分でしたいので……あっ！」

手からサッと奪い取られ、窓から差し込む朝日で煌々《こうこう》と明るい中、素肌があらわになる。

真冬は腕を伸ばし、タオルを取り返そうとしながら抗議した。

「返してください！」

「昨夜さんざん見たんだから、今さらだろう」

「恥ずかしいんです。わたし、胸が小さいので」

すると彼が眉を上げ、こちらの胸を注視しながら事も無げに言う。

「きれいで可愛いけどな。感度もよかったし」

「……っ」

シャワーを一旦止めた有家が、ボディソープを手のひらに取る。そしてそのままこちらの胸に塗りつけてきて、真冬は小さく声を漏らした。

「ぁ……っ」

大きな手がささやかな胸のふくらみを包み込み、揉みしだく。

ボディソープのぬめりのせいでぬるぬるとし、少し強めに揉まれると呼吸が乱れた。押し回し、両脇からふくらみを寄せるようにしたかと思えば先端部分を弄《いじ》られ、じんわりと愉悦がこみ上げる。

気がつけば胸の先がつんと勃《た》ち上がり、色づいていた。

「……っ、……ん……っ」

こちらの反応を見られていることが、恥ずかしくてたまらない。

だが壁際に追い詰められて逃げ場がなく、真冬は足元に視線を泳がせながら言った。

「幸哉さん、もういいですから……」

「よくない。昨夜、結構汗かいてたんだからちゃんと洗わないと」

「あっ」

ふいに身体を抱き寄せられ、両手で尻の丸みを鷲《わし》づかみにされて、思わず声が出る。

ぬるつく手で強く揉まれると、淫靡な気持ちがこみ上げた。頬に触れる有家の素肌や皮膚の下の張り詰めた筋肉の感触、こちらをすっぽりと抱き込む身体の大きさに、女とはまるで違う造りを如実に感じてドキドキする。

そうするうちに身体を裏返され、壁に両手をつく形にされた。後ろから覆い被さる体勢になった彼が、首筋に口づけながら再び胸のふくらみを包み込んでくる。

「んっ……ぁっ」

首筋をチロリと舐められ、有家のかすかな息遣いや髪の感触にゾクゾクし、真冬は身体を震わせた。

ボディソープでぬらぬらと光るささやかな丸みが大きな手の中でたわみ、ときおり先端が強く摘ままれる様がいやらしく、その光景にどうしようもなく乱されていく。

やがて有家の片方の手が脚の間に触れてきて、真冬はビクッと太ももをわななかせた。

「ぁ……っ」

花弁を開いた指が割れ目をなぞり、体温が上がる。

昨夜彼を受け入れた蜜口は腫れぼったくなっており、ボディソープがわずかに滲《し》みた。有家の指が緩やかに行き来し、やがてくちゅりと音が漏れ始める。

太ももに力を入れて何とかその動きを阻もうとするものの、彼はやめない。首筋に唇で触れていた有家が、耳元でささやいた。

「……ああ、昨夜のが出てきたな」

「……っ」

隘路の奥から精液が溢れ、太ももを伝って落ちていくのがわかって、真冬は身の置き所のない羞恥をおぼえる。

まるで粗相をしてしまったかのようで恥ずかしく、顔が真っ赤になった。すると彼が後ろからこちらの頤《おとがい》を上げ、口づけてくる。

「んぅっ……」

顔を上向けられ、覆い被さるような形で唇を塞がれて、喉奥から声が漏れる。

押し入ってきた舌に絡めとられ、口腔をいっぱいにされて、目に涙がにじんだ。そうしながらも有家が敏感な花芽に触れ、昨夜中で放たれた精液を纏った指で押し回してきて、じんとした甘い愉悦がこみ上げる。

「うっ……んっ、……は……っ」

残っていた精液だけではなく、にじみ出た愛液のせいで指を動かされるたびに粘度のある水音が立ち、官能を煽られる。やがて唇を離した彼が、真冬の耳朶を食《は》みながら言った。

「昨夜ここに出したとき、すごく興奮した。変な話だけど、君が俺のものになったんだという妙な感慨が湧いて」

「……っ」

「真冬はどうだった？　奥に出されて」

「ぁっ……それは……っ」

真冬は即答できず、言いよどむ。

中に出された瞬間、「もう後戻りはできない」という思いと、「これで子どもができたら、万事上手くいくのだ」という期待が入り混じり、何ともいえない気持ちになった。

だがそうした本音を有家に明かすのは気が引けて、真冬はぐっと唇を引き結ぶ。すると彼が蜜口から指を挿《い》れてきて、思わず眉根を寄せた。

「んん……っ」

「少し熱を持ってるが、ぬるぬるしてる。俺が出したものだけじゃなく、君の愛液も混じってるのがわかるか」

「……ぁっ……違……っ……」

否定しようとするものの、浅いところで指を動かされるたびにくちゅくちゅという水音が大きくなり、真冬は喘ぐ。

手のひらで花芽を刺激しながら浅く指を埋められると緩慢《かんまん》な愉悦が湧き起こり、最奥がきゅうっと窄《すぼ》まるのがわかった。もっと奥まで挿れてほしいという気持ちがかすめたものの、たった一度の行為で有家に馴らされたような感じがして我慢ならず、真冬は彼の手をつかんで訴える。

「もうやめてください。わたし、自分で身体を洗いますから……ぁっ！」

その瞬間、硬く張り詰めた肉杭が後ろから脚の間に入り込んできて、ドキリと心臓が跳ねる。

まるで灼熱《しゃくねつ》の棒のようなそれで花弁をなぞられ、かあっと気恥ずかしさが募った。腰を押しつけられると割れ目に密着した屹立がぬるりと滑り、先端部分が花芽をかすめる。すると甘ったるい快感がこみ上げ、思わず吐息が漏れた。

「はぁっ……」

バスルームの浴槽ではお湯が溜まりつつあり、白い湯気がもうもうと立ち込めている。

じんわりとした暑さを感じながら腰を動かされると、剛直の硬さがまざまざと伝わって、太ももが震えた。

やがて自身の幹をつかんだ有家が、切っ先を蜜口にあてがってくる。そのままぐっと腰を進められ、真冬は強い圧迫感に声を上げた。

「あ……っ！」

丸い亀頭が埋まり、太さのある幹が押し込まれてきて、その質量に息が止まりそうになる。

こちらの腰を引き寄せた彼がそのまま最奥まで貫いてきて、真冬は小さく呻《うめ》いた。根元まで埋め込まれた楔《くさび》が苦しく、目の前の壁に手をつきながら涙目で振り返ると、有家が熱を孕《はら》んだ眼差《まなざ》しで言う。

「きついな。でも、俺のを全部のみ込んでるのがわかるだろう。ほら」

「んぁっ……！」

ずんと奥を突き上げられ、目を見開く真冬の腰を抱えて、彼が律動を開始する。

背後から挿入されると正面から抱き合うよりも昂りが深く入り込み、すぐに切羽詰《せっぱつ》まった声が漏れた。内壁を擦りながら行き来され、ビクビクと締めつける動きが止まらない。

昨夜の行為が久しぶりだったせいで、入り口にも中にもひりつく感覚があったものの、にじみ出る愛液のぬめりで次第に痛みが和らいでいった。

激しく腰を打ちつけられ、胸のふくらみが揺れる。すると背後から手を回した有家がそれを揉みしだき、先端を弄ってきて、思わずきゅうっと中を締めつけてしまった。

「あ……っ」

「……っ、締まる。胸を弄られるのが気持ちいいか」

「あっ、はぁっ……」

先端を引っ張るようにされると痛みと紙一重の快感がこみ上げ、甘い声が漏れる。

屹立をビクビクと締めつける動きや声でこちらが感じているのがわかるのか、彼が熱い息を吐きながらつぶやいた。

「――可愛い。そんな敏感な反応をされたら、止まらなくなる……」

「ぅっ、あっ」

ずんずんと深い律動を送り込まれ、真冬は壁に縋《すが》りつきながら喘ぐ。

こんなに明るいところでされるのは嫌なのに、拒めない。それは自分たちの結婚の目的が子作りというのももちろんあるが、この行為自体に快感があるからなのも否めなかった。

(わたし……)

体内を行き来するもののことしか考えられず、思考が散漫になった真冬は切れ切れに喘ぎ声を漏らす。

甘ったるい快感が身体の奥に蓄積されていき、今にもパチンと弾けそうになるのが怖くて中をきつく締めつけた。するとますます律動が激しくなり、何度も深く穿たれる。

「あっ……はぁっ……ぁ……っ」

接合部からぐちゅぐちゅと淫らな音が響き、突き入れられるたびに互いの腰がぶつかって身体が揺れる。気がつけば、肌がじっとりと汗ばんでいた。真冬の腰をつかんで楔を打ち込みながら、有家が快感にかすれた声で言う。

「……そろそろ出すぞ。奥に」

「あ……っ」

中に出されるのかと思うと埋め込まれた楔の大きさを意識してしまい、柔襞がゾロリと蠢いた。先ほどより硬度が増したもので隘路を行き来され、肌が粟立《あわだ》つような愉悦を感じる。亀頭で奥を抉《えぐ》られると内壁が断続的にわななき、剛直をきつく食い締めていた。

「はっ……ぁ……っ……んっ……あ……っ！」

何度か深く突き入れたあと、彼が切っ先を子宮口に押し当てて射精する。

信じられないほど奥深くまで有家が入ってきているのを感じた真冬は、ほぼ同時に達していた。

「んぁっ……！」

中にみっちりと埋め込まれた剛直が震え、熱い体液を注ぎ込まれているのがわかる。

絶頂の余韻で締めつける動きが止まらず、まだ硬度を保ったままの昂りをまざまざと感じた。背後で充足の息を吐いた彼が、ゆっくりとそれを引き抜いていく。

「……っ」

切っ先が抜けた瞬間、蜜口から白濁した体液が溢れ出るのがわかって、真冬はかあっと頬を染めた。すると有家がそこにぐちゅりと指を埋め込んできて、息をのむ。

「や……っ」

そのまま隘路を掻き回され、中で放たれたものが聞くに堪えない水音を立てる。

脚がガクガク震えてその場にくずおれそうになると、彼が背後からこちらの身体を抱き留めて言った。

「中、達ったばかりだから熱いな……聞こえるか？　中でぐちゅぐちゅ言ってるの」

「あっ、あっ」

達したばかりの身体を指で追い上げられ、真冬は小さな悲鳴を上げて再び絶頂を極める。

それと同時に有家が唇を塞いできて、喉奥からくぐもった声を漏らした。

「うぅっ……」

口腔を荒々しく蹂躙《じゅうりん》され、まだ整わない吐息ごと奪われた真冬は、息も絶え絶えになる。

ようやく唇を離された頃には顔が上気し、目が潤んで身体に力が入らなくなっていた。そんな真冬の頬を撫で、彼が満ち足りた表情で言う。

「普段は澄ました顔をしてるのに、今はグズグズになってて可愛い。こんなに乱し甲斐《がい》があるなんて予想外だ」

「……っ」

「身体、ちゃんと洗ってやるよ。そのあとでゆっくりお湯に浸《つ》かろう」

その言葉どおり、有家は真冬の髪と身体を丁寧に洗ってくれ、その後は二人で湯に浸かった。

甲斐甲斐しく世話を焼かれた真冬は、背後から彼に抱き込まれる形で浴槽に入りつつ目を伏せる。

(結局、頭のてっぺんからつま先まで全部洗われちゃった。わりと淡々としているようだったのに、意外に面倒見がいいのかな)

腹部に回された腕は筋張って男らしく、こんなに身体が密着していることに今さらながらに落ち着かない気持ちになる。

真冬の顔が上気していることに気づいた有家が、背後から問いかけてきた。

「お湯、熱いか?」

「少し……」

「じゃあそろそろ上がろう」

身体を拭いたあと、彼はあっという間に身支度を整えてリビングに行ってしまったが、真冬はスキンケアをしたあとにメイクもしなければならず、三十分ほど時間がかかった。

朝から重い疲労を感じながら脱衣所を出た真冬だったが、有家がルームサービスで頼んでくれた朝食を前にすると疲れが吹き飛ぶ。

(わ、すごい……)

テーブルには焼きたてのパンと彩りがきれいな旬のフルーツサラダ、エッグベネディクトと温野菜、グレープフルーツジュースとコーヒーが並び、数種類のコンフィチュールとバターも添えられている。

普段見たこともない優雅な朝食に目を輝かせていると、彼が言った。

「多ければ残してもいいから、食べられるだけ食べてくれ」

席に着いた真冬はフォークとナイフを手に取ると、わくわくと浮き立つ心を押し殺してつぶやく。

「……いただきます」

老舗ラグジュアリーホテルなだけあって、朝食は素晴らしく美味しかった。

クロワッサンとデニッシュはサクサクでバターの芳醇な香りが漂い、フルーツサラダは葡萄《ぶどう》やオレンジ、ベビーリーフが彩りよく盛りつけられ、ビネガーが効いた酸味のあるドレッシングがよく合う。

エッグベネディクトはイングリッシュマフィンの上に載ったベーコンと卵にクリーミーなオランデーズソースが絡み、文句なしに美味しかった。

内心感動しながら食べていると、ふいに向かいから有家の視線を感じ、真冬は気まずく問いかける。

「あの、何でしょうか」

「ん？　美味《うま》そうに食べてるなと思って」

「あんまり見ないでください。カトラリーを使うの、緊張するので」

すると彼がクスリと笑い、コーヒーを口に運ぶ。

向かい合って食事をしながら、真冬は何ともいえない居心地の悪さを感じていた。昨夜さんざんベッドで翻弄され、先ほどはバスルームでも抱かれてしまった。有家の手管は巧みで、経験の浅い真冬はたやすく乱されてしまい、今どんな顔をして彼と接していいかわからない。

（この人のこと、性欲の薄い人なのかと思ってたけど、それは間違いだった。昨夜もさっきも、あんな――……）

うっかり行為の詳細を思い出しそうになり、真冬は急いで頭の中を切り替えようとする。

チラリと有家を見やると、彼は至って涼しい顔をしていた。普段スーツを着ているときより幾分ラフな髪型で、まだネクタイをしていない。腕時計もしておらず、いつも隙のない装いをしているだけに、こんなにくつろいだ姿を見るのは初めてだった。

端整な顔立ちや男らしい太さの首筋、筋張った大きな手を目の当たりにするうち、「この人と抱き合ってしまったのだ」と考えてしまい、慌てて目をそらす。そんなこちらの気持ちを知ってか知らずか、有家がエッグベネディクトにナイフを入れながら言った。

「今日から君は、有家家《うち》の屋敷に住むことになる。必要なものは揃えてあるし、事前に送られてきた私物も部屋に入れてあるから、あとで自分で収納してくれ」

「はい」

「明日からは、俺の母の下について若女将の修業を始めてもらう。本来の契約とは関係ないことをさせて申し訳ないが、俺と結婚した以上は妻である真冬が家業に関わらないというのは不自然なんだ。大変かもしれないけど、適度に手を抜きながらつきあってもらえると助かる」

それは婚約期間中、繰り返し有家から言われてきたことだ。

確かに先代社長の妻である義母が長年杣谷の女将を務めてきたのだから、若社長の妻となった真冬が知らないふりはできない。

（しょうがないよね。そのためにこの三ヵ月間、マナースクールで礼儀作法や着物の着付けなんかを学んできたんだし）

真冬はカトラリーを皿に置き、彼を真っすぐ見つめて答えた。

「わかっています」

「もしトラブルがあったり、どうしても仕事がきつかったりしたら、遠慮せずに俺に言ってくれ。万が一妊娠していて、無理が祟って流産したりしたら本末転倒だからな」

改めて自分の目的は〝彼の子どもを妊娠し、出産すること〟なのだと認識し、真冬は気持ちを引き締める。

そしてテーブルの下でそっと腹部に手を当て、「もう妊娠したかな」と考えた。

（まだ二回しかしてないんだから、すぐにできるのは難しいかも。でも……）

たった一度で妊娠する可能性もあれば、人によっては何年もかかる可能性もある。無事に出産できるかどうかは運任せで、すべてを終えるまでは有家と夫婦として暮らしていくのだ。ふいにそう実感し、真冬の心の片隅に小さな熱が灯《とも》った。

(わたし……)

気がつけば物思いに沈んでいて、そんな真冬を彼がじっと見つめていた。

有家は自分のフルーツサラダに入っているオレンジをフォークで突き刺し、おもむろにこちらに向かって「ん」と差し出してくる。真冬は戸惑い、彼に問いかけた。

「何ですか？」

「オレンジ、好きじゃないか？」

「好きですけど……」

ぐいっと口元にフォークを突きつけられ、有家が自分に食べさせようとしているのを悟った真冬は、渋々口を開く。

中に入れられたものを咀嚼《そしゃく》すると、ジューシーな甘さが口の中に広がった。有家が微笑んで問いかけてきた。

「美味いか？」

「……はい」

「それはよかった」

まさか手ずから食べさせてくれると思わなかった真冬は、気まずさを押し殺す。

婚約期間中は素っ気ないほど淡々とし、いかにもビジネス婚だという雰囲気を醸し出していたのに、彼は一体どうしてしまったのだろう。

(意外に気さくな人なのかな。それとも、身体の関係ができたから少しガードが緩んだ……?)

急に距離を詰められると、恋愛慣れしていないせいかどういうふうに対応していいかわからない。

だが決して嫌ではなく、真冬は落ち着かない気持ちを持て余した。

そんなこちらをよそに、有家が時刻を確認してさらりと言った。

「ここのチェックアウトは、正午だよな。どうする、帰る前にもう一回していくか?」

「……っ」

ついさっき抱き合ったばかりなのにそんなことを言われ、真冬はじわりと頬が熱くなるのを感じる。

身体にはまだ先ほどの余韻が色濃く残っており、行為を匂わされるだけで最奥が疼く感じがした。

内心の動揺を誤魔化すように皿の上のカトラリーを手に取った真冬は、努めて平静を装って答えた。

「冗談はやめてください。いかに契約とはいえ、そんなにされては身体が持ちません」

「もちろん冗談だ。本気にするなよ」

顔を上げて彼と目が合った瞬間、ニヤリと笑われて、真冬は唖然《あぜん》として有家を見つめる。

自分がからかわれたのだとわかり、思わずムッとした。言い返そうと口を開きかけたものの、すんでのところでそれをこらえる。

（わたしはおしとやかなキャラで通ってるんだから、なるべく素を出さないように気をつけないと。幸哉さんの前でも油断しちゃ駄目）

本当は気が強くポンポン言い返したいタイプだが、自分の容姿は人から「おとなしそう」「おしとやかだ」と言われることが多いため、真冬は見た目どおりの人格を演じるのが癖になっている。

これから新生活が始まるのだから、四六時中気を抜かないように意識していなければならない。杣谷は伝統ある老舗料亭のため、余計にだ。

有家がふいに腕を伸ばし、結婚指輪を嵌めたこちらの左手に触れてくる。そして上からすっぽりと包み込むと、微笑んで告げた。

「食事が終わったら、少し銀座《ぎんざ》をぶらついてから帰ろう。――これからよろしく、真冬」

第四章

老舗料亭〝杣谷〟は創業一〇六年の歴史を誇り、古くから政財界の人間に愛されてきた。

門口をくぐると日本庭園に囲まれた石畳の通路があり、その先にある数寄屋《すきや》造りの建物はしっとりとした和の雰囲気で、すべての個室から美しい庭か中庭が見渡せる。

室内は掛け軸と生け花で四季の移ろいを表現しており、見た目にも鮮やかな懐石料理と行き届いたサービスが売りだ。半年前に父から杣谷の社長の座を引き継いだ有家の毎日は、取引先との商談や会合、接待で埋め尽くされている。

専務だった頃も地方に仕入れの商談に出向いたり、百貨店の催事や弁当事業の打ち合わせなどで忙しくしていたが、社長となるとまた別だ。会社の経営方針を決めるのはもちろん、資金繰りについて財務担当者と話し合ったり、財界の人間とのつきあいや会食が増え、休みらしい休みがない。

一方で料理長や接客担当である営業部長との連携を密にし、季節ごとのメニュー展開やイベントなども考えなければならない。

その日、有家は銀行の担当者との打ち合わせで外に出ていた。杣谷は十年前に大幅な改修工事を行っており、その際に銀行から多額の借り入れをしている。とはいえ返済は順調で、今回は追加融資の話も出たが、返事は保留にしていた。

(資金調達ができるのはありがたいが、まずは用途について社内で精査しないとな。父さんにも話をしないと)

父の清勝は現在入院中で、有家は週に一回くらいの頻度で病院に見舞いに行っている。

頭の中で明日以降のスケジュールを思い浮かべた有家は、「真冬も誘ってみようか」と考えた。結婚して二週間ほどが経つが、彼女は母の早智の下で若女将修行に励んでいる。母に事情を話せば、見舞いの時間に仕事を中抜けするのを許してくれるはずだ。

自分で車を運転し、午後三時半過ぎに自宅に戻った。玄関の引き戸を開けると、五十代の家政婦の前田《まえだ》が奥から出てくる。

「おかえりなさいませ」

「ただいま。真冬はどこにいる?」

「奥さまと、お店のほうにいらしていると思います」

有家は「そうか」とつぶやき、隣接する店舗に足を向けた。

この時間帯はランチが終了し、門口には〝準備中〟の札が掛かっている。このあとは午後五時から夜の営業が始まる予定で、店内ではスタッフによる清掃作業が行われており、板場は仕込みの真っ最中だ。

建物の中に入ると、臙脂色《えんじいろ》の和服姿の仲居が「お疲れさまです」と声をかけてきた。

「お疲れさま。女将か真冬を見なかったかな」

「女将さんは江本《えもと》部長と予約の確認をされていて、若奥さまは休憩中です」

「ありがとう」

真冬は基本的に早智と一緒に行動しており、午後一時からと三時半からの二回休憩を取ることになっている。

スタッフ用の休憩室と板場を覗《のぞ》いたものの彼女の姿はなく、有家は裏口から出て周囲を見回した。するると建物沿いに置かれた古いベンチに真冬が座っているのを見つけ、彼女に声をかける。

「真冬、ここにいたのか」

「幸哉さん、お疲れさまです」

今日の真冬は飛び柄小紋の久米島紬《くめじまつむぎ》に深緑の帯を合わせていて、藍色の帯締めと金茶の帯揚げが秋らしい雰囲気だ。

艶やかな黒髪をきれいに結い上げていて、若女将にふさわしい品のある装いだった。彼女の膝の上には大福が二つ入ったパックが置かれていて、今まさに食べようとしていたのがわかる。

有家はそれに目を留め、問いかけた。

「中で休憩すればいいのに。ここは寒くないか？」

「一人になれますから、ここのほうが気楽なんです。おやつも食べたかったので」

膝の上の大福は近所の和菓子店で買ってきたもので、数種類の果物と生クリーム、餡《あん》を柔らかな羽二重餅《はぶたえもち》で包んだ限定品らしい。それを聞いた有家は、興味をそそられて言った。

「へえ、美味そうだ。俺もひとつもらおうかな」

「えっ、嫌です。わたしのなので」

思いがけない返事をされた有家は、まじまじと真冬を見る。すると彼女はハッと我に返り、慌てて表情を取り繕って言った。

「あの、すみません。……よかったらどうぞ」

どうやら先ほどの発言は咄嗟《とっさ》に出たもので、本音では二つとも自分で食べたいらしい。

そう気づいた有家は、思わず噴き出しながら言った。

「いや、そんなに食べたがっているのも知らず、気軽に『ひとつくれ』なんて言って悪かった」

「い、いえ」

「甘いもの、好きなのか？」

すると真冬が目を伏せ、膝の上の大福を見つめて答える。

「好きです。わたしが施設育ちなのはご存じだと思いますけど、あそこにいた頃は好きな食べ物があってもお腹《なか》いっぱい食べることはできませんでしたし、施設を出たあとも生活するだけで精一杯で、食費を切り詰めるのが常でした。だからこうして甘いものを食べるのはわたしにとってすごく贅沢《ぜいたく》で、ストレス解消になるんです」

彼女が顔を上げ、「でも」と言って有家を見る。

「これは幸哉さんにいただいたお金で買ったものですし、意地汚いことを言ってしまってすみません。よかったらおひとつどうぞ」

「いや、本当にいいんだ。休憩時間が終わってしまうから、早く食べたほうがいいんじゃないか」

すると真冬が頷き、パックを開けて大口で大福にかぶりつく。

その食べっぷりは見事で、口についた粉を拭きながら瞬く間に一個食べてしまい、有家は目を瞠る。もうひとつも頬張る姿はいかにも美味しそうで、見ているうちに微笑ましさをおぼえた。

(八並珈琲で働いているときは品のある雰囲気で、婚約中や結婚したあとも楚々とした印象だった。でも、本当の真冬は違うのかもしれないな)

先ほど咄嗟に「嫌です」と言ったときや、今目の前で豪快に大福を食べている表情からは素の様子が窺《うかが》え、思ったより主義主張がはっきりしているタイプなのかと感じる。

(……面白いな)

取り澄ました人形のような顔より、そっちのほうがよっぽどいい。

もしかすると自分は普段と違う真冬の顔が見たいがために、夜ごと彼女を抱いているのかもしれない。そんなふうに考えながら、有家はおもむろに隣に座る真冬の後頭部を引き寄せると、その唇を塞いだ。

「――……」

彼女の舌を舐めるとフルーツ大福の甘さがわかり、すぐに唇を離す。

すると真冬が狼狽し、気まずそうにつぶやいた。

「こ、こんなところで何するんですか。もし板前さんや、他のスタッフが来たら……」

「人がいないことはちゃんと確認してるよ。それより大福、美味いな」

「……っ」

そう感想を述べると、彼女がぐっと言葉に詰まる。

恥ずかしげなその表情はベッドの上で見せる顔を彷彿《ほうふつ》とさせ、有家の中の劣情が疼いた。しかし職場であるここでこれ以上は何もする気はなく、ベンチから立ち上がって言う。

「さて、俺は少し仕事をしないと。明日父さんの病院に見舞いに行こうと考えてて、真冬も誘おうかと思って都合を聞くために探してたんだ。どうかな」

「わたしは何時でも大丈夫です」

「そうか。じゃあ昼過ぎに迎えに来るから、出掛ける準備をして待っててくれ」

「はい」

「じゃあ、また夜に」

＊　＊　＊

有家がベンチから立ち、建物の裏口から中に入っていく。それを見送った真冬は、複雑な気持ちを持て余した。

（こんなところでキスするなんて、一体何考えてるの。誰かに見られたらどう思われるか）

結婚してからというもの、彼の行動は甘さが増す一方だ。

式を挙げてから二週間ほどが経つが、真冬は有家の実家に義両親と同居する形で新婚生活がスタートしていた。挙式の翌日から義母の早智の下について若女将修行が始まったが、彼女からは朝、顔を合わせた瞬間に駄目出しされた。

『着物の着方がだらしないわ。ちょっと立ってごらんなさい』

マナースクールで何度も練習し、一人で何とか着られるようになったと思っていたが、和服を着慣れている早智からすると真冬の装いはだらしなく映ったらしい。

彼女はこちらの着物を直しながら言った。

『着物が着崩れてしまう原因のひとつは、所作が大きすぎるからです。内股気味に小幅で歩いたり、身体をあまり捻《ひね》らないようにするだけでもだいぶ着崩れを防げるけれど、一番の原因は腰紐の締め方が緩いせいよ』

着物の腰の部分にたるみが出ないようにきっちりと腰紐を締め直してくれながら、彼女がため息をついて言った。

『挙式前にマナースクールに通ったと言っていたけれど、やはり付け焼刃だと身に着かないものなのね。私も清勝さんも、幸哉の結婚相手は家柄の釣り合う女性をと考えていたのですよ。初歩的なことから教えなければならないなんて、本当に大変だわ』

料亭の女将ともなれば和服の着こなしは基本中の基本だと言われ、真冬は小さく「申し訳ありません」と謝罪した。

この家に来てからというもの、家柄の違いを感じることばかりだ。有家は普段はスーツだが和服を自分で着られるといい、有家家において着物の着用は至極当たり前のことだと知った真冬は、カルチャーショックを受けた。

朝食は座敷で早智と一緒に取るものの、正座の姿勢や箸の使い方がきっちりしていて、彼女の前では一瞬たりとも気が抜けない。言葉遣いや歩き方はもちろんのこと、彼女からはお得意さまへのお礼状の書き方や電話の対応まで厳しく指導され、真冬は自身の至らなさを痛感している。

(わたし、昔から話し方や振る舞いで褒められることが多かったから油断していたけど、ここはまったくレベルが違う。老舗なだけあって、すべてに品格を求められるんだ)

初日から杣谷で働くスタッフたちに紹介されたが、彼らの反応はさまざまだった。

料理長の長尾《ながお》や接客を統括する営業部長の江本といった年齢層が上の男性たちは穏やかに接してくれているものの、仲居たちの目はどこか冷ややかだ。

仲居は総勢十二名おり、昼と夜のシフト制になっている。彼女たちは真冬を〝若奥さま〟と呼び、顔を見れば挨拶をしてくれるものの、親睦を深めるために話しかけると「仕事がありますから」と言ってそそくさと去っていくことが多かった。

(もしかして、わたしが幸哉さんの妻だから話しづらいと思ってるのかな。そんなことないのに)

当初はそんなふうに解釈していたが、二週間が経つ今は違うのだということがわかってきた。

仲居たちの年齢は幅広く、最年長は五十代の人だが、二十代から三十代の四人グループが幅を利かせている。そのリーダー格が石本由美《いしもとゆみ》という女性で、彼女は女将の早智がいないとき、真冬に向かって聞こえよがしに当て擦ってきた。

『全然仕事ができないくせにいい着物着てお客さまの前に出るの、気楽でいいよねー。こっちの苦労も知らないでさ』

石本は他の仲居との世間話の体《てい》で話していたものの、こちらに向かって言っているのは丸わかりだ。

まさか従業員の立場の人間が社長の妻である自分にそんなことを言うのが信じられず、ひどく面食らった真冬だったが、次第に彼女の意図が読み取れてきた。

入社六年目の正社員である石本は古参の部類に入り、気が強く声が大きい。彼女は自分に迎合《げいごう》するる社員たちでグループを作り、職場で幅を利かせていた。それ以外の仲居はほとんどがアルバイトで立場が弱く、石本たちと揉めたら働きづらくなるのがわかっているのか、何も言えずにいるようだ。

それをいいことに、彼女たちは自分の都合でアルバイトにシフトを代わってもらったり、面倒な仕事を押しつけたりと好き勝手にやっていた。

（つまり石本さんたちからすると、幸哉さんの妻であるわたしは〝新人のくせに立場は自分たちより上の、気に食わない存在〟ってことなのかな。結構厄介だ）

石本は早智の前ではまったくそんなそぶりを見せず、明るく仕事熱心な社員を装っている。

本来なら真冬に対しても自分の負の面を見せるのは悪手のはずだが、数日前に有家がたまたま店に来たときの彼女の態度を見てその理由を悟った。

おそらく石本は、彼に対して恋愛感情を抱いている。有家を前にしたときの彼女は普段と違い、華やいだ声を上げていた。

（だから石本さんは、わたしに対して当たりがきついんだ。一昨日《おととい》は廊下で足を引っかけて転ばされそうになったし、一緒に掃除をしているときも「きちんと隅々まで掃《は》いてくれません？」とか、「若女将だからって手を抜かれると困るんですよね」とか、きつい言葉をぶつけてくるし）

日が経つにつれて石本たちの態度はあからさまになってきているが、真冬は今まで一度も反論していない。

自分がされていることを有家や早智に訴えればいいのかもしれないが、まだその段階ではないと考えていた。

（幸哉さんに言えば、きっと何らかの対処をしてくれるってわかってる。でもわたしが告げ口したことがわかれば仲居さんたちともっと距離ができてしまうし、わたしがここで若女将として働くのはたぶん数年だろうけど、従業員とはできるかぎり波風を立てたくない）

事なかれ主義ともいえるこの考え方は、真冬なりの処世術だ。

かつて暮らしていた児童養護施設にはさまざまな子どもがいて、中には気に食わない相手に危害を加える粗暴な子や、他人を陥れて自分がいい子だと大人にアピールする子もいた。

彼らと揉めれば職員の目の届かないところで苛烈《かれつ》な仕返しをされることになり、トラブルに巻き込まれないためには無害を装っておとなしくしているべきなのだと、真冬は八年間の暮らしの中で学んでいた。

（でも……）

本来は気が強い性格なのに、おしとやかなふうを装うのはストレスが溜まる。

さらに義母である早智に冷ややかな態度を取られたり、石本たちから聞こえよがしに嫌みを言われれば、余計にだ。休憩時間くらい誰もいないところで一人になりたいと考えるようになった真冬は、ここ数日は裏口から出たところにあるベンチで過ごすことが増えていた。

今日は無性に甘いものが食べたくなり、近所にある和菓子店で限定品のフルーツ大福を購入してワクワクしていたが、そこに有家が現れて驚いた。出先から戻ってきた彼は、明日の義父の見舞いに真冬が同行できるかどうかを聞きたくて探していたらしい。

有家がこちらの膝の上にある大福を見て「ひとつもらおうかな」と言ったとき、真冬は咄嗟に「嫌です。わたしのなので」と答えてしまった。それを聞いた彼が面食らった顔をしているのを見て、真冬は自身の失敗を悟った。

（二つあるのに分けるのを拒否して、幸哉さん、きっと呆《あき》れたよね。あんなことを言っちゃうなんて、油断しているにも程がある）

施設育ちで昔から何かと我慢の多かった真冬は、少々食い意地が張っていた。普段はそういう面を出さないように気をつけているものの、甘いものを前にするとつい警戒心が緩んでしまう。

有家は笑って許してくれたが、真冬は先ほどから自分が彼にどう思われているかが気になって仕方がない。もしかすると〝おしとやか〟という仮面が剥がれていたかもしれず、そわそわと落ち着かない気持ちになる。

こんなふうに考えてしまうのは、この二週間で有家との距離がぐっと近くなったからだろうか。結婚式を挙げた日の夜から、彼はよほど帰宅が遅いとき以外は必ず真冬を抱くようになった。

自分たちの結婚の目的は妊娠と出産なのだから、その姿勢は間違っていないだろう。だが肌が馴染むのと比例して気持ちも近くなったような気がして、真冬は有家との距離を測りかねている。

先ほどもそうだ。いつ誰が来るともしれない場所でいきなりキスをされ、咄嗟にどういう反応をしていいか迷った。

（突然あんなことをするなんて、まるで恋人同士みたい。幸哉さん、ひょっとしてわたしをからかってるの？）

婚約期間にあれだけ淡々としていたのが、嘘のようだ。

いざ結婚してみると、彼は見た目の怜悧な印象とは違い、気さくで話しやすい人物だった。ふとした瞬間に先ほどのように親密な態度を取ってくることがあり、元々男性とのつきあいに慣れていない真冬はいつもスマートに返せないのが悔しくて仕方ない。

だが、このままでは駄目だ――と考える。

（わたしたちの関係はビジネスなんだから、変に馴れ合わないほうがいい。わたしがもっとクール

に振る舞えばいいんだ）

そう思うものの、夜ごと繰り返される行為がふと脳裏をかすめ、真冬は慌ててそれを打ち消す。まだ仕事が残っているのだから、こんなことを考えている場合ではない。そんなふうに気持ちを引き締めた真冬は、帯の中にしまったスマートフォンで時刻を確認して立ち上がった。

そして大福のゴミを手に、建物の中に戻る。義母の早智の姿を探して板場を覗くと、彼女は料理長の長尾と夜メニューの確認をしているところだった。

「女将さん、ただいま戻りました」

「夜メニューの一部が、仕入れの都合で変更になったの。岩魚《いわな》と松茸《まつたけ》の湯葉巻揚げから鱧《はも》の玄米揚げに変更で、付け合わせの五色海老《ごしきえび》と小茄子《こなす》、木《こ》の葉南京《はなんきん》はそのままよ。仲居さんたちにその旨を伝えてきてもらえる？」

「わかりました」

急いでメモを取り、真冬は仲居たちに変更内容を伝達する。

仕事が終わったのは、午後六時過ぎだった。店はこれから夜営業でもっとも忙しい時間帯となるが、半人前である真冬はいつも同じ時間に退勤させてもらっている。

（わたしはまだ一人じゃ接客できないし、忙しい時間に傍にいられると、お義母さんはきっと邪魔なんだろうな。そのうち夜も出なきゃならなくなるんだろうけど）

隣接する有家家の屋敷に戻り、ホッと息をつく。

ダイニングに向かうと家政婦が夕食を用意してくれていて、それを一人で食べた。どうやら夕方に出先から戻ってきた有家は事務所で仕事をしているらしく、母屋にはいない。

有家家の屋敷は杣谷の店舗と同様に、しっとりとした趣《おもむき》の日本家屋だ。玄関は格子の引き戸で、庭の植栽が和の雰囲気を引き立てている。中はタモ材の梁《はり》と天井が明るい印象で、伝統的な日本家屋の造りを踏襲しつつ現代的なエッセンスも加えた、モダンな建物になっていた。

客を迎えることが多い一階は和風の内装だが、二階は使いやすいフローリング仕様になっている。真冬は八畳の私室を与えられており、夫婦の寝室は別にあった。浴室は各階にあるが、いつも二階を利用している。

黒い御影石《みかげいし》でできた浴槽にゆっくり浸かったあと、真冬は脱衣所で丁寧にスキンケアをした。髪を乾かして自室に戻ると、スマートフォンが点滅していて弟の一樹からメッセージがきているのがわかる。

内容は〝今日の晩ご飯〟というもので、添付されていた写真を見た真冬は彼に電話をかけた。

「もしもし、一樹？　写真を見たけど、あれ全部一人で作ったの？」

すると電話の向こうで、彼が答える。

『うん。蒸《む》し鶏《どり》はレンジで作って三つ葉を散らしたもので、わさび醤油《じょうゆ》で食べるんだ。かぼちゃのそぼろ餡かけは作り置きのだし、しらすおろしはポン酢を掛けただけで、ほとんど手間はかかってないよ』

それらのおかずと茹《ゆ》でたブロッコリー、大根と油揚げの味噌汁《みそしる》、ご飯というメニューはそれなりに栄養バランスが整っていて、真冬は感心して言う。

「すごい、頑張ってるね。でも無理してるんじゃない？」

『体調はちゃんと管理できてるから、大丈夫。お姉ちゃんは本当に心配性だな』

有家と結婚してから二週間、一樹とはほぼ毎日連絡を取り合っている。

トークアプリのメッセージが主だが、こうして電話をすることも多く、そのたびに彼は呆れた声を出していた。

(でも、心配で仕方ない。だって一樹はわたしのたった一人の弟で、しかも持病があるんだから)

母が亡くなって以降、真冬は身体が弱い一樹のことを常に気にかけてきた。

今までは一緒に暮らして体調管理をしてあげられていたが、結婚してからは違う。彼の生活費をこちらで賄い、金銭的な面でいえば一馬力で頑張っていたときよりも余裕のある暮らしができているものの、やはりいつ発作が起きるかという点が大きな懸念だ。

現在はまめに連絡を取り合い、些細な体調変化でも報告してもらうようにしているが、心配は尽きなかった。だがそんなこちらとは裏腹に、一樹は初めての独り暮らしを満喫しているらしい。

（ちゃんと自分でご飯を作って、真面目に大学に通っているんだから、喜ぶべきなのかな。わたし、相当過保護なのかも）

そんなふうに考える真冬に、彼が「お姉ちゃんはどう？」と問いかけてきた。

『杣谷の若女将としての修行、やっぱりきつい？　何しろ創業一〇〇年以上の老舗だし』

「うーん、今までの生活と比べたら、雲の上って感じ。何から何まで一流で、自分のレベルがそれに達してないのを毎日思い知らされてる」

すると一樹が心配そうに言う。

『もしかして、義理のお母さんとか従業員の人たちに何か言われたりしてる？　普段はそういう弱音を滅多に吐かないのに、口にするのは結構しんどいんじゃ』

鋭い指摘にドキリとしつつ、真冬は精一杯何食わぬ口調で答える。

「大丈夫だよ。わたしは努力するのが嫌いじゃないし、それに幸哉さんがいるから」

有家の荒唐無稽ともいえる提案を了承したのは、弟の一樹の存在が大きい。

一樹が生活の心配なく大学に通うことができ、卒業後に奨学金を全額支払ってもらえるのは、真冬にとって大きな魅力だった。弟を一人前にして社会に送り出せば、自分の役目は終わる。そうすればようやく己の人生についてゆっくり考えられるのだと思うと、心が躍った。

それからしばらく彼の大学の話を聞いたり、こちらの近況を話した。するとふいに部屋のドアがノックされ、真冬は慌てて電話の向こうの一樹に言う。

「長々と話しちゃってごめんね。もう夜は寒くなる時季だし、寝るときはちゃんと布団《ふとん》を掛けなきゃ駄目だよ。……うん、じゃあまた」

通話を切ってドアを開けたところ、そこには有家がいる。彼はこちらの手の中にあるスマートフォンを見て問いかけてきた。

「電話中だったのか？」

「あ、はい。弟と」

「珍しく真冬の笑い声が聞こえてきたから、一体何事かと思った」

それを聞いた真冬は、内心小首を傾《かし》げながら言う。

「わたしも普通に笑いますすけど……」

「俺の前では、ほぼ笑ったことがない。もしかして出し惜しみしてるのか？」

「してません、そんなの。特に意識してませんし」

真冬は夕方「自分たちの関係はビジネスなんだから、変に馴れ合わないほうがいい」と考えたのを思い出しつつ、言葉を付け足す。

「あの、そういうのってわたしたちには必要ないんじゃないですか？　子どもを作るのが目的なんですから、もっとドライでもいいはずです」

「そうかな。よく不妊治療中の夫婦がギスギスしてしまって、思いきって妊活をやめたら妊娠したとかいう話を聞くだろう。一概には言えないが、妊娠には母体の精神状態が大きく影響するという解釈もできると思う。その理論から言うと、〝夫〟と円満な関係を築くのはきっとマイナスではないはずだ」

有家が「だから」と言い、思いがけない提案をした。

「明日は父さんの見舞いに行くって言ったけど、思いきって終日休みを取ったから、そのあと二人で出掛けないか？　親睦を深めるために」

真冬は驚き、彼を見た。

「出掛けるって……わたしは若女将の仕事を覚えなきゃいけませんし」

「母さんには、既に許可を得ている。いくら若女将として修行中とはいえ、奴隷《どれい》ではないんだから休みは必要だし、遠慮することはない」

突然の誘いに戸惑い、真冬は何と答えるべきか迷う。

婚約中は挙式の打ち合わせのついでに食事に行ったことがあるが、当時の有家は淡々としていた。だが今は格段に距離が近くなっていて、そんな彼と出掛けるのに躊躇いがこみ上げる。

しかしそんな真冬をよそに、有家があっさり話をまとめた。

「決まりだな。朝から出掛けるから、準備しておいてくれ」

「あの、でも」

「ところで風呂上がりの君は、いつもより緩い雰囲気で新鮮だな。後れ毛が可愛い」

ふいに首筋に触れられ、真冬はドキリとする。

確かに入浴後は髪を乾かし、ラフにまとめていることが多かった。パジャマ代わりの部屋着のワンピースも生地の柔らかいもので、普段の装いとは違う。

彼の手が頬に触れ、自然な形で口づけられた。口腔に忍び込んできた舌に緩やかに舐められた真冬は、小さく声を漏らす。

「ん……っ」

有家は一旦唇を離したあと、再び口づけてくる。それは先ほどよりも深いもので、舌同士をじっくりと絡める動きに真冬はすぐ翻弄された。

「……っ、……ぅっ、……ん……っ」

ぬめる表面同士を擦り合わせ、吸い上げられる。吐息まで奪うように何度も角度を変えて口づけられるうち、息継ぎが上手くできなくなった真冬は彼のスーツの袖を強くつかんだ。

するとようやく唇を離した彼がこちらの濡れた唇を撫で、微笑んで言った。

「――寝室に行こうか」

夫婦の寝室は真冬の部屋の隣にあり、八畳ほどの広さだ。

クイーンサイズのベッドが置かれた室内はモダンなインテリアで、グレーのリネンや壁に飾られたファブリックボード、観葉植物がナチュラルな色味を添えている。

「ぁ……っ」

ベッドに押し倒され、首筋に唇を這わされた真冬は、小さく声を漏らす。

有家は香水などをつけていないようだが、いつも清涼感のある仄《ほの》かな香りがして爽やかだ。整髪料で少しごわついた感触の髪が肌に触れるのがくすぐったく、思わず身じろぎすると、彼がワンピース越しに胸の先をやんわりと噛んでくる。

「んん……っ」

カップ付きの薄手のワンピースの胸元が有家の唾液でじんわりと濡れていき、胸の先端が硬くしこり始めるのがわかった。

小ぶりな胸は真冬の密《ひそ》かなコンプレックスだが、彼は意外なほどそこに執着し、いつも執拗に愛撫してくる。ワンピースの肩紐をずらして胸を露出させた有家が、微笑んで言った。

「やっぱり真冬の胸は可愛いな。清楚なのに感じやすくて」

「あっ……！」

舌先で尖ったそこに触れられた瞬間、真冬の身体がビクッと震える。

乳暈《にゅううん》をなぞったあと、彼が先端に吸いついてきて、じんとした愉悦が皮膚の下からこみ上げた。熱い舌で嬲《なぶ》りつつ強く吸い上げられ、真冬の官能が煽られていく。

舌で押し潰したり吸われたりするとゾクゾクとした感覚が背すじを駆け上がり、じっとしていることができない。敏感な先端は嬲られるたびに痛みと紙一重の快感を伝えてきていて、真冬は足先でシーツを掻きながら有家に訴えた。

「幸哉、さん……そこばっかり……っ」

彼が愛撫をやめないまま、視線だけを上げてこちらを見る。

ささやかなふくらみをつかみ、頂《いただき》をじっくりと舐め上げる様《さま》が淫靡で、かあっと頬が熱くなった。有家のように顔立ちが整った男性にこんなことをされているのが恥ずかしく、身の置き所のない気持ちになる。

彼に抱かれるようになって約二週間、最初こそぎこちなかったものの、今はそのやり方に馴染んでいて苦痛は一切ない。それどころか、近頃は快感に溺れがちであることが真冬は悩ましかった。

自分たちにとってこの行為は〝義務〟なのだから、事務的に終えてもいいはずだ。それなのに彼の触れ方はいつも丁寧で、真冬をなおざりに扱ったことは一度もなく、それにいたたまれなさをおぼえる。

（淡々と終えてくれていいのに、毎回わたしが感じるようにしてくれるのはどうしてだろ。さっきは「夫と円満な関係を築くのは、きっとマイナスではない」とか、「親睦を深めるために二人で出掛けよう」とか言い出すし）

そんなことを考えているうち、有家がこちらの部屋着を頭から脱がせてくる。

そしてあらわになった胸に改めて舌を這わせながら、片方の手で脚の間に触れてきた。そこは胸への愛撫でわずかに熱くなっており、真冬は太ももに力を込める。それを物ともせずに割れ目を下着越しになぞられ、思わずビクッと身体が跳ねた。

「ぁっ……！」

割れ目の上部にある花芽を引っ掻かれ、甘い愉悦がこみ上げる。

そこは些細な愛撫で尖り始めて、触れられるたびに息が乱れた。いつしか蜜口の潤みが増し、下着の内部がぬるぬるになっているのがわかる。かすかな水音まで聞こえ始め、羞恥が募った真冬は腕を伸ばして彼の動きを押し留《とど》めようとした。

しかしそれより早く有家は下着のクロッチ部分を横にずらし、直接花弁に触れてくる。

「んん……っ」

ぬるつく愛液を塗り広げ、硬い指が蜜口から埋められて、真冬は眉根を寄せた。

中がうねるように蠢き、押し入ってきた指に絡みつく。内壁をなぞりながら奥まで進まれるとぐちゅりと音がして、有家の残りの指が皮膚に食い込むのを感じた。そのまま抽送され、声が出る。

「うっ……んっ、……は……っ」

彼の指が内壁をなぞりつつ隘路を行き来し、最奥を捏《こ》ね回す。

痛みはなく、奥の感じやすいところを抉られるとビクビクと中がわなないて、いつしか溢れ出た愛液が有家の手を濡らしていた。有家はまだ衣服を乱しておらず、スーツを着たままだ。彼のネクタイが肌に触れるだけでもゾクゾクし、真冬はその袖をつかむ。そして切れ切れにささやいた。

「スーツ……脱がないと汚れますから……っ」

「ん？　そうだな」

真冬の体内から指が引き抜かれ、ホッと息をつく。

上体を起こした有家がジャケットを脱ぎ、ネクタイを引き抜く。シャツのボタンを数個外した彼は色めいた眼差しでこちらを見下ろし、真冬の脚を広げるとその間に顔を伏せてきた。

「んぁっ……！」

有家の舌が花びらに埋まり、溢れ出た蜜を舐め始める。

じゅっと音を立てて吸いついたり、花芯を舌で転がされると感じてしまい、太ももがビクビク震えた。初めてのときから毎回こうして丁寧に抱かれるうち、次第にこみ上げてくる感情があって、

真冬はぐっと唇を噛む。

それは、目の前の彼に対する慕わしさだ。夜ごと親密な行為を繰り返すようになって二週間、有家の端整な顔やしなやかで男らしい身体、触れる手の優しさや熱を孕んだ眼差しを目の当たりにし、ぐっと気持ちを引き寄せられている。

跡継ぎをもうけるのが目的の契約結婚なのだから、淡々とした事務的な結婚生活になるのかと思いきや、彼は予想外の細やかさを見せてくれて、真冬は最初ひどく困惑した。だが身体は有家を従順に受け入れるようになり、それに連動して心まで引きずられている。

（今まで生活をするのに精一杯で、恋愛をしてこなかったからかな。ちょっと優しくされたくらいでコロッと気を許すなんて、わたし、チョロすぎない？）

今は夫婦として生活を共にしているが、彼とは期間限定の関係だ。有家には結婚願望がなく、実家の料亭を継ぐ跡継ぎが欲しいがために真冬に契約結婚を持ちかけてきた。

そんな相手に心を揺らすなど本末転倒で、真冬は苦い気持ちを嚙みしめる。きっと自分は経験値の浅さから、疑似的な恋愛感情を抱いているだけだ。そもそも金銭援助が目的で子どもを生むことを決めたのだから、そんな人間が彼を好きになるなどおこがましい。

（そうだよ。幸哉さんが優しいから、勘違いしちゃってるだけ。子どもを生んだら、わたしはこの人と離婚するんだから）

有家がこちらを優しく扱ってくれるのは、出産を了承してくれたことへの感謝の気持ちがあるからだろう。

ならば自分は、しっかり線を引かなければならない。この結婚はあくまでも〝ビジネス〟で、お金を出してもらうためなのだからと肝に命じ、必要以上に馴れ合うべきではないのだ。

そう考えた真冬は、ぐっと唇を引き結ぶ。そして腕を伸ばして彼の顔を強引に上げさせ、目を合わせて告げた。

「もう、してください。――疲れていて早く寝たいので」

「――……」

有家が目を瞠り、真冬は心の中で「言いすぎたかな」と考える。

ここまで丁寧にしてくれている彼に、自分の言い方はあまりにもつっけんどんだったかもしれない。そう思ったものの訂正できず、気まずく視線をそらすと、彼がふっと笑って言った。

「そうだよな。昼間は若女将として修業してくれてるんだから、当然疲れてるよな」

「……………」

「気がつかなくて、悪かった。今日はやめにするか？」

思いがけないことを言われた真冬はハッとし、有家を見つめて慌てて言う。

「や、やめなくていいので、このましてください」

「でも」

「これはわたしの〝義務〟なんですから。幸哉さんの子どもを妊娠するためには、とにかく回数をこなさなきゃいけないですよね？　だから」

するとと彼を取り巻く空気が、わずかに変わる。

ドキリとする真冬を見下ろし、有家が独り言のようにつぶやいた。

「なるほど、〝義務〟か。確かに俺たちの関係は契約なんだから、その言い方がふさわしいよな」

「……あの……」

彼がベルトを緩め、スラックスと下着を引き下ろすと、いきり立った昂りが現れる。

隆々と兆したそれは雄々《おお》しい形をしていて、有家はそれをつかむと思わぬことを言った。

「――口でできるか？」

「えっ」

一瞬何を言われたのかわからなかった真冬だが、すぐに理解し、かあっと頬が熱くなる。

（どうしよう。わたし、過去につきあった相手には口でしたことがないんだけど……）

今まで有家にそうした行為を求められたことはなく、戸惑いがこみ上げる。

だがいつも一方的に感じさせられているのは事実で、真冬は「それはフェアじゃない」と考えた。

自分たちの関係は対等なのだから、こうして求められればそれに応える義務があるはずだ。

そう考えた真冬はモソモソと起き上がり、ベッドの上に座る彼に向かい合う。そして改めて有家の性器を注視したところ、想像以上に大きくてドキドキした。

（すごい。男の人のをこんなにじっくり見るなんて初めて）

剛直の先端は丸く、くびれがあって、幹の部分は太く表面に血管が浮いている。

手で触れてみるとじんとした熱を持ち、皮膚の下が鋼のように硬かった。真冬は髪を耳にかけながら身を屈め、先端部分をそっと舌で舐めてみる。すると屹立がピクリと動き、その反応を感じつつ舐める範囲を広くしていった。

「……っ、……ふ……っ」

亀頭を咥《くわ》え、くびれの部分や鈴口に舌を這わせる。

有家がかすかに息を吐き、真冬は視線を上げて彼の表情を窺った。するとこちらを見下ろしている有家は快感を押し殺した顔をしていて、腕を伸ばして髪を撫でてくれながら言った。

「もう少し、奥まで咥えられるか」

「……っ」

やんわりと頭を押さえられ、真冬は幹の部分まで咥える。

硬く張り詰めた昂りは大きく、歯を立てずにいるのが難しいくらいで、口腔をいっぱいにされることに苦しさをおぼえた。だが口に含みきれない部分を握り、表面に精一杯舌を這わせる。

「うっ……んっ、……う……っ」

先端が喉奥に達し、嘔吐《えず》きそうになるのをこらえる。

しばらくそうして舌を這わせていたものの、どうしても苦しくなって頭を動かすと、有家の手の力が緩んだ。屹立を口から吐き出した真冬は熱を孕んだ息を吐き、幹をつかんで表面を舐める。

すると彼がこちらの頬を撫で、微笑んで言った。

「普段は取り澄ましている真冬がこんな顔をして俺のを舐めてるなんて、たまらないな。いやらしくて、もっと汚したくなる」

それは、このまま口の中に出したいということだろうか。

そう思い、真冬が抵抗をおぼえていると、実際にする気はなかったのか有家があっさり言った。

「ありがとう、もういい。そろそろ挿れるよ」

彼が真冬の身体を再びベッドに押し倒し、片方の膝裏をつかむ。

そして切っ先を蜜口にあてがうと、そこをぬるぬるとなぞってきた。

「さっきよりも濡れてる。俺のを舐めながら、ここに挿れられたときのことを想像したか？」

「……っ」

確かにずっしりとした質量や硬さを自分の舌でつぶさに感じ、挿入されたときのことを想像していた真冬は、気恥ずかしさをおぼえる。

最初こそ数年ぶりの行為で若干の痛みがあったが、今はまったくない。むしろ快感しかなく、口で奉仕しながら身体の奥が疼いてたまらなかった。

答えずにいる真冬を見下ろしながら花弁をなぞっていた有家の亀頭が、蜜口を捉える。そしてそのまま一気に奥まで貫いてきた。

「んぁっ……！」

ずっしりとした質量を受け入れさせられた真冬は、圧迫感に声を上げる。

彼のものはいつにも増して硬く、隘路をこれ以上ないほど拡げていて、その大きさに苦しさをおぼえた。有家の腕をつかんだ真冬は、息も絶え絶えにつぶやく。

「ぁっ……いつもより、硬……っ」

「真冬に口でしてもらって、興奮したからな。ちょっと我慢してくれ」

「んん……っ」

ゆるゆると行き来させられ、真冬は眉根を寄せて小さく呻く。

次第ににじみ出した愛液で彼の動きがスムーズになり、少しずつ律動を大きくされた。腰を打ちつけられるたびに身体が揺れ、無意識に逃げを打つ。それを引きずり戻しながら繰り返し深く中を穿つ有家は、欲情をたたえた目でこちらを見つめていた。

その眼差しはまるでこちらを本当の〝妻〟として欲しているかに見え、真冬は胸の奥がぎゅっと締めつけられるのを感じる。

（もうやだ。この人がこんな目で見るから、わたしは――）

愛情のない結婚のはずなのに、勘違いしそうになる。

今まで頼れる人間がおらず、自分と弟の生活を成り立たせるために一心不乱に頑張ってきたが、有家が金銭的に助けてくれたおかげで格段に楽になった。それは彼の子どもを生むという対価あってのことなのだから、恋愛感情を抱くなど間違っているはずだ。

それなのに揺らぐ心を持て余し、真冬は彼から目をそらす。すると有家がかすかに顔を歪《ゆが》め、ますます律動を激しくしてきた。

「ぁっ……はぁっ……あ……っ」

何度も深く腰を入れられ、感じるところを楔で余さず擦られる真冬は快感に喘ぐ。

柔襞が蠢きながら幹に絡みつき、きつく締めつけるものの、彼は心地よさそうな息を吐くだけでなかなか達こうとしなかった。

やがてどれほど揺さぶられたのか、有家がようやく中で熱を放ったとき、真冬は疲労でぐったりとしていた。彼が屹立を引き抜き、後始末をしてくれているのがわかったが、既に緩慢なまどろみの中にある。

（汗をかいたから、シャワーを浴びたい。でも……）

思考が覚束《おぼつか》ずに目を閉じると、有家が隣に横たわる気配がする。

こちらの身体を引き寄せた彼が頭を抱え込んで髪にキスをしてきて、その親密なしぐさに心が疼いた。有家の身体を押しのけ、彼に背を向けて眠るべきだと思うのに、それができない。肌に触れるぬくもりに安堵をおぼえた真冬は、ぼんやりと「今だけは」と考える。

（今だけは、くっついてもいいことにしよう。明日からはちゃんと幸哉さんと距離を取るから……）

そう自分に許すと、ほんの少し気持ちが楽になった。

身体の力を抜いた真冬は、有家に体重を預ける。そして小さく息をつき、そのまま深い眠りに吸い込まれていった。

第五章

腕の中に抱き寄せた真冬が、穏やかな寝息を立て始める。それを見つめた有家は、じっと考え込んだ。

(「疲れてる」って言われたのに、激しくしすぎたかな。でも、どうしても我慢できなかった)

初めはおとなしくやめようと思っていたものの、有家が引っかかったのは彼女が自分との行為を〝義務〟と発言したことだ。

この結婚は互いの利益が一致した期間限定のものであるため、真冬の言い分は間違っていない。だがそう言われた瞬間、心に浮かんだのは確かに苛立《いらだ》ちだった。彼女の寝顔を見下ろしながら、有家はその意味について考える。

(この二週間、毎日のように抱き続けていたせいか、俺は真冬を特別に思い始めてる。身体の相性がいいからかな)

長い黒髪と清楚な美貌を持つ真冬はたおやかで、物静かな雰囲気の持ち主だ。

しかしベッドではこちらの手管に乱れ、思いのほか色っぽい表情を見せるのが新鮮で、強く惹きつけられた。加えて甘いものに執着したり、先ほどのように急につんとした態度を取ることがあり、そのギャップに興味をそそられている。

もしかするとおしとやかなのは見た目だけで、素の彼女はもっと感情豊かなのではないか。できればそういう顔を見てみたい――そんなふうに考え、親睦を深めるために明日一緒に出掛けることを提案したものの、真冬はどこか及び腰だった。

しかも行為の最中に「疲れているから、早く終わらせてほしい」「この行為は義務なのだから」という主旨の発言をし、有家は感情を逆撫でされた。

（俺は……）

真冬にそう言われたとき、思いのほか心が波打ったのは、こちらが抱いている仄かな想《おも》いに冷や水を浴びせられた気持ちになったからに違いない。

彼女の言葉は何ら間違っておらず、この関係をビジネスと捉えても当たり前なのに、つんとした態度を取られた瞬間の有家は確かに苛立っていた。

（だから――）

だから真冬に、口での行為を強要してしまったのかもしれない。

彼女はそう言われたとき戸惑った表情をしていたものの、結局従順に従い、有家は快感と罪悪感が入り混じった複雑な気持ちを味わった。こうして寝顔を見ていると、感情的になった自分に忸怩《じくじ》たる思いがこみ上げる。最初に真冬に金と引き換えに子どもを生んでくれるように求めたのはこちらなのに、気がつけば彼女の内面に興味を抱いているのが滑稽だ。

（結婚は俺にとって、無味乾燥なものだと思っていた。ただ跡継ぎさえ生んでくれればいい、妻でいてくれるあいだは形だけでも大事にしよう――そう思っていたはずなのに）

実際に結婚生活を始めた途端、自分の気持ちの変化に驚いている。

だが先ほど真冬に言ったとおり、夫婦関係が良好なのは妊娠するためにいい影響を及ぼすはずだ。そう結論づけ、有家は改めて彼女の身体を抱き寄せて考えた。

（明日は久しぶりの休みだし、せっかく真冬と出掛けるんだから、何かいいプランを考えないとな。どこに行こう）

あれこれ考えているうち、いつの間にか深く眠り込んでいたらしい。

目が覚めると朝になっていて、時刻は午前六時を示していた。真冬はこちらの胸に顔を埋めるようにして眠っており、普段よりあどけなく感じるその寝顔を「可愛いな」と思う。

しばらく眺めていた有家は、やがて彼女を起こさないようにそっとベッドから下りた。そして自室でトレーニングウェアに着替え、ジョギングに出掛ける。

毎朝自宅周辺を十キロ近く走るのは、有家の日課だ。目的は体力作りとストレス発散、メンタルの向上で、学生時代からずっと続けている。一時間ほど走り、自宅に戻ったのは午前七時半くらいだった。ざっとシャワーを浴びて台所に向かうと、家政婦が忙しそうに立ち働いている。

「前田さん、真冬はもう起きてきたか？」

有家の問いかけに、彼女が配膳の手を止めて答える。

「先ほど二階から下りてこられて、奥さまと和室で花生けをなさっているはずですよ」

「ありがとう」

台所を出た有家は、磨き上げられた廊下を歩いて奥の和室に向かう。

するとその途中、開いている襖《ふすま》から早智の声が聞こえてきた。

「真冬さん、この生け方ではどの花が〝芯〟かわからないわ。生ける前に一本一本表情を確かめ、一番いいものを中央に据えたら、奥行きをつけるための〝添えもの〟と手前でボリュームを出すための〝体《たい》〟の配置を考えるんです。尾立流《おだてりゅう》のお教室で習わなかった？」

「申し訳ありません」

室内を覗き込むと、早智の向かい側で正座をした真冬がうつむいていて、有家は声をかける。

「真冬は華道を始めてまだ三ヵ月余りなんだから、完璧にこなすのは無理だろう。大目に見てやってくれないか」

するとと早智が心外そうな顔で言った。

「私は何も、意地悪で言っているのではありませんよ。中途半端なままで覚えてしまっては、真冬さんが恥をかくかもしれないと思って指摘しているんです」

「でも――」

有家がなおも言い返そうとすると、真冬がすかさず口を開く。

「お義母《かあ》さまのおっしゃるとおりです。わたしの至らぬ部分を、今後同じ間違いを繰り返さないようにあえて指摘してくださっているんです。本当に申し訳ありません」

彼女が深く頭を下げ、早智が気まずそうに言った。

「そんなに謝ることはないわ。確かにあなたは、まだ華道を始めて日が浅いのですものね。これは私が手直しをしておきますから、幸哉と一緒に朝食を取っていらっしゃい」

「ありがとうございます」

真冬が立ち上がり、和室を出る。

連れ立って廊下を歩き始めながら、有家は「自分はどういうスタンスで話せばよかったのかな」と考えた。妻である真冬の目的は跡継ぎを生むことで、〝嫁〟や〝若女将〟としての役割は必要ない。にもかかわらず、彼女の厚意でつきあってもらっている状況で、有家は真冬に負担がかかりすぎないよう自分が全面的に盾になるべきだと考えていた。

（でも……）

先ほどのように中途半端な横槍《よこやり》を入れれば、彼女と早智の間の諍《いさか》いの火種になりかねない。

そんなことを考えながら食事のときに使っている広い座敷に入り、有家は向かいに座った真冬の様子をさりげなく窺う。

今日は杣谷の仕事が休みのため、彼女は和服ではなくグレーのラウンドネックニットにアコーディオンスカートという、フェミニンな装いだ。パールの一粒ネックレスと控えめなデザインのピアスが上品で、髪は後ろで緩くまとめている。

家政婦の前田が朝食を運んできて、座卓にはサワラの西京焼きと小松菜と油揚げの煮びたし、いんげんの胡麻和《ごまあ》え、卵焼きというおかずの他、炊きたてのご飯と具だくさんの味噌汁、漬物というメニューが並んだ。食事を始めながら、有家は真冬に向かって声をかける。

「今日はまず父さんの見舞いに行くから、九時には出られるように準備しておいてくれるか」

「わかりました」

そこに花生けを終えた早智がやって来て、食卓に着く。

彼女から昨日店を訪れたお得意さまの報告を受けながら朝食を終えた有家は、一旦自室に戻った。そしてパソコンを開き、メールの返信や調べ物をしているうちに午前九時になる。

階下に下りると、玄関には既に出掛ける支度を終えた真冬がいた。彼女は花束を手に持っていて、聞けば早智から「清勝さんの病室に生けてあげて」と言って持たされたものだという。

「じゃあ、行こうか」

ガレージに停《と》めてある車に乗り込み、エンジンをかける。

父の清勝が入院している病院は中央区《ちゅうおうく》にあり、車で二十分かからない距離だ。富裕層御用達で、入院しているのはセレブや政治家、芸能人が多く、病棟はまるで高級ホテルのように優雅な雰囲気となっている。

助手席の真冬をチラリと見ると、彼女は膝に花束を載せて真っすぐ前を向いて座っていた。その表情はどことなく硬く、有家はその理由を「朝、早智とのやり取りに自分が首を突っ込んだせいか」と考える。しかしふと昨夜のことを思い出し、ばつの悪さをおぼえた。

（もしかして、口でさせたのを怒ってるのか？　あのときはツンとした態度を取られて、ムッとして思わずさせてしまったけど……）

行為の一環としてしてもらったことで、真冬をことさら辱めるつもりはなかったが、もし抵抗があったのなら申し訳ない。

だがまだ明るい時間帯に、情事の話題を出すのは気が引けた。それに今日は結婚後初めてのデートで、このあと気まずくなるのは避けたい。そう考えた有家は、謝るのは夜にしようと決め、前を向いて運転する。

そして病院の駐車場に車を停め、高層階にある清勝の病室を訪れた。

「父さん、具合はどうだ」

「おお、幸哉か。それに真冬さんも」

ベッドの上で読書をしていた彼が、掛けていた眼鏡を外す。有家の隣で真冬が挨拶をした。

「お義父《とう》さま、ご無沙汰いたしております」

「早智からいろいろと聞いているよ。杣谷の若女将として、毎日頑張ってくれているようだね。慣れない仕事で大変だろう」

「至らぬことばかりで、お義母さまを煩わせてばかりで反省しております」

彼女が遠慮がちに「お花を生けさせていただきますね」と言い、花瓶と花束を持って病室内にあるミニキッチンに向かう。ベッドの横に座った有家は、父に向かって言った。

「昨日、銀行の担当者と話をしたんだ。返済が順調に進んでいることを評価されて、追加融資を持ちかけられた」

「ほう、すごいじゃないか」

有家は杣谷の会長職にある清勝と、有意義な議論を交わす。

今後の事業に関する展望などを話すうちに三十分があっという間に過ぎて、時計を見た有家は彼に謝った。

「ごめん、あまり長い時間話すと身体に障るな。検査をしてもう少し数値が安定したら、手術ができるんだろう？　父さんが早く家に戻ってくれないと困るよ」

「そうだな。真冬さん、幸哉はこのとおり仕事人間で朴念仁《ぼくねんじん》といっていい男だが、性根はそう悪くない男だ。二人仲よく杣谷を盛り立てていってほしい」

「はい。心得ております」

真冬が楚々とした様子で目を伏せ、清勝が満足げに頷く。やがて病室を出た有家は、彼女に対して礼を言った。

「見舞いに同行してくれてありがとう。本来の君の役割からは逸脱しているのに、感謝してる」

「〝妻〟なんですから、当然です。お気になさらないでください」

父の前では初々しい新妻という雰囲気だった真冬だが、今はどこか事務的で淡々としている。

ここ最近は彼女と少しずつ打ち解けている実感があった有家は、その態度にシクリと心が疼くのを感じた。しかし努めて何でもない表情を作り、駐車場に停めた車に乗り込むとエンジンをかける。

「あの、幸哉さん、今日はどこに……」

今日は事前に「親睦を深めるため、二人で出掛ける」と公言しており、いわばデートだ。

どこに行くのか気になる様子の真冬に、有家はさらりと答えた。

「――内緒だ」

「えっ」

「そのうちわかるさ」

海岸通《かいがんどお》りを通るルートは、一見自宅に戻るようにも感じる。だが杣谷を通り過ぎて向かう先に気づいた彼女が、「もしかして」とつぶやいた。

「行き先は、八並珈琲ですか？」

「ああ」

有家が向かった先は、数ヵ月前まで真冬が働いていた八並珈琲だ。

すぐ傍のパーキングに車を停め、木々に囲まれた古びたドアを開ける。するとカウンターの中にいたマスターの八並が「いらっしゃいませ」と言って顔を上げ、眉を上げた。

「有家さん、それに真冬ちゃんじゃないか。元気そうだね」

「ご無沙汰しています」

彼はニコニコとして真冬を見つめて言った。

「君がここの仕事を辞めたあとも、有家さんは週に一度くらいの頻度で通ってくれていたんだ。今やすっかり常連だよ」

それを聞いた彼女が、驚いた顔をしてこちらを見る。

「そうなんですか？　幸哉さん、そんなこと一言も……」

「元々俺は、ここのコーヒーが好きだからな。休憩がてら立ち寄っては、マスターと軽く会話をしてた」

いつもの窓際の席に座った有家は、真冬にメニューを差し出して言葉を続けた。

「真冬も来たいんじゃないかと思って、今日のランチはここにしたんだ。何にする？」

本当はデートなのだから、もっと気取った高級レストランを予約するのも考えた。

だが結婚してガラリと生活が変わった彼女は、きっとだいぶ気疲れしていることだろう。そう考えた有家は、いくつかの選択肢の中から八並珈琲をランチの店として選んだ。

すると真冬はかすかに頬を膨らませ、モソモソと言う。

「そりゃあ、ときどきこのお店の味を思い出してましたけど……」

「だろ」

「実は一人でお店に来ていたなんて、抜け駆けもいいところです。言ってくれればよかったのに」

そう不満げにつぶやく彼女は、普段の物静かな表情ではなく本音がダダ洩《も》れだ。

それを楽しく思いつつ、有家は真冬の代わりに新しく入った三十代の女性店員に「ナポリタンの大盛りと、アメリカンクラブハウスサンドをください」とオーダーする。どうやら真冬は賄いでよくサンドイッチを作ってもらっていたらしく、運ばれてきた皿を見て目を輝かせた。

「いただきます」

トーストしたパンに卵とベーコン、ローストチキン、レタスやトマトを挟んだサンドイッチはかなりの厚みがあるが、彼女はひとつを手に取ると豪快にかぶりついた。それを見た有家は、小さく噴き出して言う。

「いい食べっぷりだな。昨日のフルーツ大福のときも思ったが、君はそういうものを食べるときに躊躇いがないのがいい」

「すみません。もう少し上品に食べるべきですよね」

真冬が恥じ入ったようにサンドイッチを皿に置こうとして、有家はそれを否定する。

「違う。真冬のそういう気取らないところが、俺は可愛いと思ったんだ。小鳥みたいに上品に食べる女性より、一緒にいて楽しい」

そう言って有家が目の前に置かれた大盛りのナポリタンを食べ始めると、彼女が気まずそうにつぶやいた。

「幸哉さんも、そういうものを食べるイメージが全然ありませんでした。老舗料亭の社長ですから、外で高級なお料理ばかり食べてるんじゃないかと」

「確かに会食はそういうのが多いが、商談のついでだから全然食べた気がしないんだよな。一人のときはこういうところで、スパゲティとかカレーとか食ってる」

食後には有家はグアテマラの深煎り、真冬はコスタリカの中煎りを頼み、豊潤な香りと苦味を楽しむ。

マスターに「また来ます」と言って店を出たあとは、再び車に乗り込んで銀座方面に向かった。

そして外資系ホテルの中に入り、有家がラウンジで注文したのは二人分のアフタヌーンティーだ。

オーダーを聞いたスタッフが去っていったあと、真冬が気後れした様子で問いかけてきた。

「幸哉さん、どうしてわたしをここに連れてきたんですか」

ラウンジは天井が高く、凝った意匠のシャンデリアがいくつも下がったラグジュアリーな雰囲気で、大きな窓からは緑豊かな中庭が見渡せる。

客も見るからに富裕層の人間が多く、彼女はどことなく落ち着かない表情を見せていた。それを前に、有家は事も無げに答える。

「――真冬が、甘いものが好きだと言ったから」

「えっ？」

「昨日言ってただろ、『施設にいた頃は好きなものをお腹いっぱい食べることはできなかったから、甘いものを食べるのはすごく贅沢でストレス解消になるんだ』って。それを聞いて、スイーツを好きなだけ食べられるところに連れていってあげたいと思ったんだ。それでいろいろ調べて、ここを予約した」

するとそれを聞いた真冬が眉を上げ、意外そうに言った。

「わざわざわたしのために、ですか？」

「ああ。俺もアフタヌーンティーは初めてだから、楽しみだ」

彼女が気まずげな顔で黙り込んだものの、やがてテーブルに色とりどりのスイーツやセイボリーが載った三段スタンドとティーセットが運ばれてくると、みるみる目を輝かせた。

セイボリーはサーモンのミキュイやかぼちゃのポタージュ、ビーフステーキのサンドイッチや彩り鮮やかなサラダなどで、スイーツはりんごのクイニーアマンや和栗《わぐり》のモンブラン、サツマイモのブリュレなど秋らしいメニューとなっており、ドリンクは八種類の紅茶とコーヒー、フレッシュジュースなどが飲み放題となっている。

「すごい……これ、全部食べていいんですか？」

「もちろん。甘いものだけじゃないから、飽きずに食べられそうだな」

有家は「さっき昼食を取ったばかりだから、多いかもしれない」と考えていたが、それはまったくの杞憂《きゆう》だった。

真冬はスイーツを自分の取り皿に載せ、美味しそうに食べ始める。その表情はキラキラとして瞳が好奇心と喜びに輝いており、それを目の当たりにした有家は思わず頬を緩めた。

（こんな顔をするなんて、まるで子どもみたいだ。これほど喜んでくれるなら、連れてきて正解だったな）

裕福な家庭に生まれ、幼少期から生活で我慢というものをしたことがない有家が、真冬の境遇を完全に理解するのは難しい。

だがスイーツくらいでこんなに素直な表情を見せてくれるなら、何度だって連れてきて構わないと思う。

(俺は……)

結婚するのを厭《いと》い、跡継ぎをもうけることだけを望んでいたはずなのに、気がつけば真冬自身に興味を抱いている。普段は見せない素の顔を見たいと願い、せっせとデートプランを考えている
――そんな自分が滑稽に感じるのと同時に、ふいにストンと腑《ふ》に落ちる部分があった。

(そうか。……俺は真冬のことを、気に入ってるのか)

思えば喫茶店で働いている姿を初めて見たときから、容姿が好みで自然と目を惹きつけられた。きれいな顔立ちと艶のある黒髪、華奢な体型はもちろん、物静かでおしとやかな雰囲気は料亭を営む有家家に迎えるのにぴったりだと感じた。だが実際に結婚してみると無類の甘いもの好きだったり、急にツンとしたりといった感情豊かな一面を見るようになり、〝物静かでおしとやか〟という評価がこちらの一方的なものだったのだとわかってきたものの、不思議とそれが不快ではない。

むしろそうした素の顔に興味をそそられ、目の当たりにすることができて満足している。

「あの、そんなに見られていると食べづらいんですけど」

真冬からモソモソと抗議され、有家はふと我に返る。気づけばじっと彼女を注視していたらしく、

微笑んで応えた。

「喜んでくれてるみたいだから、連れてきてよかったなと思って。一流ホテルなだけあって、スイーツもセイボリーも美味いな」

有家が紫芋のタルトを口に放り込んで言うと、真冬が問いかけてくる。

「幸哉さんは、甘いものがお好きなんですか？」

「普通に食うよ。自分でわざわざ買ったりはしないけど」

「そうなんですね」

「でも、辛いものも好きだ。たまに激辛ラーメンを食べたくなって、一人でそういう店に入ったり」

すると彼女が眉を上げ、意外そうに言った。

「わたしも好きです。家で思いっきり激辛の麻婆豆腐《マーボーどうふ》を作ったりしてましたし、弟はそういうのが苦手なので、先に取り分けてマイルドなのにしてましたけど」

「じゃあ、今度は四川《しせん》料理の店にでも行くか」

話すうちに思いもよらぬ共通点が出てきて、楽しくなる。

アフタヌーンティーを終えたあとは、横浜《よこはま》方面までドライブをした。真冬に「幸哉さんは普段お店にいませんけど、何をしてるんですか」と問いかけられ、ハンドルを握りながら答える。

「だいたい打ち合わせや商談だな。いろんな業者と会ってメニューの原案を策定したり、百貨店の弁当事業の仕入れ業者と折衝したり、その関係で日本全国に出張もある。あとは外部のプロジェクトの打ち合わせとか」

「外部のプロジェクト、ですか？」

「ああ。一般に料亭というと、敷居が高いイメージがあるだろう。実際は創意工夫を凝らした懐石料理を味わえるのはもちろん、季節のしつらえや礼儀作法、もてなしの雰囲気など、日本伝統の食文化を丸ごと体験できる素晴らしい空間なんだ。それをもっと一般の人に知ってもらいたいという考えに賛同した同業者と、体験イベントなどを企画してる」

都内にある十店舗の料亭が参画したプロジェクトでは、店主による日本料理に関する特別講演と料理を堪能できるプランや、周辺地域の歴史家や芸妓、落語家などを招いてランチと合わせたプランなど、さまざまな企画を考えている。

有家がそう説明すると、彼女が感心したようにつぶやいた。

「すごい。確かに料亭って限られたお金持ちの人だけが来るイメージですけど、そういうイベントがあったら一般の人も気軽に楽しめそうですね」

料亭は世間では高級飲食店として見られており、その認識は間違っていない。

和の雰囲気の個室で目にも美しい旬の料理を味わい、同時に使われている器も愛《め》でる。室内に生けられた花や床の間の掛け軸は四季に応じて変えており、女将や仲居の心尽くしのもてなしで日本文化や伝統を感じられるように努めているため、金額はおのずと高くなっていた。

客の利用目的は結納や両家顔合わせの食事会、接待や祝いの宴席などが多いが、杣谷は有家が入社してから夜に比べて安価なランチ営業を始め、女性客などを多く呼び込んでいる。

そう説明すると、真冬が納得した様子で言った。

「お昼と夜の客層は、だいぶ違いますもんね。料理の品数も多くなりますから、わたしはいつもメモ帳と首っ引きです」

彼女はまだ一人で接客できず、あくまでも女将である早智に帯同する形だが、その日のコースメニューなどをしっかりメモしているらしい。有家はふと気がかりになって問いかけた。

「母さんの下で若女将の修業をするの、無理してないか？　今朝も生け花について小言を言われていたし、店のスタッフも多いから気疲れするだろう」

すると真冬は膝の上に置かれた手をピクリと動かしたものの、すぐに何気ない表情で答える。

「大丈夫です。お義母さまの指摘はいつも的を射てますし、確かにわたしが社長夫人だからかお店の仲居さんたちには遠巻きにされていますけど、何も問題はありませんから」

「……そうか」

＊　＊　＊

横浜へ向かう車の中、真冬は隣でハンドルを握る有家の様子をそっと窺う。

今日の彼は休日ということもあり、白いボタンダウンシャツと黒のテーラードジャケット、スラックスを合わせた適度にカジュアルな恰好《かっこう》だ。髪も幾分ラフに崩しており、真冬はその端整な横顔から気まずく目をそらす。

本当は今日、一緒に出掛けるのは気が進まなかった。ここ最近の自分が何となく有家に頼りたくなっているのを感じており、「それはよくない」と己を戒めていたからだ。

この結婚はあくまでも〝ビジネス〟なのだと肝に命じ、必要以上に馴れ合うべきではない。そう思い、今日の真冬は努めて淡々と振る舞うことを心掛けていた。義父の見舞いに行く車の中では事務的な会話に留め、病院では控えめなよき嫁というスタンスを意識する。

しかしそのあとに八並珈琲に連れていかれたくらいから、ペースを乱されていた。まさか自分の古巣ともいえる店に行くとは思わず、しかも知らないうちに有家が店に足しげく通ってマスターとも仲よくなっていたのを知って、真冬は思わず「ずるい」と考えてしまった。

（わたしがお義母さんや仲居さんたちへの対応に神経を尖らせているときに、幸哉さんは八並珈琲で優雅にコーヒーを飲んでいたんだ。しかもランチを食べるときもあっただなんて、うらやましすぎる）

そんな不満を抱いていたせいか、大好きなアメリカンクラブハウスサンドに豪快にかぶりついてしまい、彼に笑われた真冬は気まずい気持ちを押し殺した。

いつも対外的に被っている〝おしとやかで物静か〟という仮面が、ここ最近有家の前では外れがちなことに焦りをおぼえる。極力感情を表に出さずにいよう——そう思っていたのに、そのあとは外資系ホテルのアフタヌーンティーに連れていかれ、真冬は驚いた。しかも有家はその理由を「真冬が甘いものが好きだと言ったから」と説明し、ひどく動揺した。

どうやら彼は昨日、こちらが「甘いものを食べるのはすごく贅沢で、ストレス解消になる」と言ったのを聞いて、わざわざ予約してくれたらしい。それを聞いた瞬間、真冬は胸の奥がぎゅっとするのを感じた。

（幸哉さん、結婚を持ちかけてきた当初は冷徹で傲岸不遜な人に見えていたのに、本当はすごく優しい。わたしのことを気にかけて、今日だって喜びそうなことを考えてデートプランを組んでくれて）

こんなふうに優しくされては、自分は都合のいい勘違いをしてしまう。

この関係はあくまでも〝ビジネス〟なのに、そこに別の意味があるのかもしれないと考えてしまう。そんな思いが頭をよぎり、真冬は目を伏せた。

（やっぱり親睦を深めるためのデートなんて、了承しなきゃよかった。この人と話す時間が増えて、

実は甘いのも辛いのも両方好きだとか、自分との共通点があるなんて知らないほうがよかった）

とどのつまり、有家のイメージのギャップがいけないのだと真冬は考える。

最初に「金と引き換えに跡継ぎを生んでほしい」と持ちかけてきたときの彼は、クールを通り越して傲慢に見えた。何より「身寄りがなく家柄もない人間のほうが、周囲に無駄な軋轢を生まず結婚相手として都合がいい」という発言は、真冬のプライドを深く傷つけた。

だが実際に結婚してみると、有家は存外気さくで話しやすい人物で驚いた。こちらの身体に触れるときも優しく、不快な思いをしたことは一度もない。それは婚約中の極めて事務的な態度とは真逆のもので、最初のイメージとのギャップが大きかった。

（そうだよ。結婚したらいきなり優しくなるなんて、そんなの混乱して当たり前だし。わたしの役目は子どもを生むことだけなんだから、それ以外の接触は必要ないんじゃないの？）

それとも優しいのはあくまでも演技で、出自で見下しているこちらがコロッと落ちる様を楽しんでいるのだろうか。

ふいにそんな考えが頭をよぎり、真冬はかすかに目を見開く。もしその推測が正しければ、この上ない侮辱だ。いくら金のために子どもを生む決意をした女でも、最低限のプライドはある。

（幸哉さんに負けるわけにはいかない。この人が演技でわたしを懐柔しようとするなら、わたしはさらにその裏をかいて溺れさせてみせる。そして首尾よく子どもを生んで離婚するとき、「好きな

そぶりは、全部演技だった」って言ってやるんだから）

そう決意した真冬は、顔を上げる。そして儚《はかな》げな微笑みを浮かべ、口を開いた。

「いろいろとお気遣いありがとうございます。幸哉さんがそう言ってくれると、わたしは前向きに頑張れる気がします」

「若女将として働いてもらうのは、完全に俺の都合だからな。母さんに何を言われても適当に流してくれていいし、店のスタッフとも過剰に馴れ合う必要はない。とにかく真冬はストレスを溜めないよう、適度に息抜きしてくれ。もし甘いものが食べたくなったら、俺がいくらでもアフタヌーンティーに連れていくから」

有家が一旦言葉を切り、ウインカーを出して右車線に寄りながら言う。

「夜は西麻布《にしあざぶ》にある寿司屋《すしや》を予約してるんだ。真冬が気に入ってくれるといいけど」

「楽しみです」


横浜から東京に戻った有家が次に向かったのは、西麻布にある江戸前寿司の名店だった。

店内は桧《ひのき》のカウンターとしっとりとした坪庭が見える造りで、握るネタに応じてシャリの酢を使い分けているという。コースは一品料理と握り、巻物、椀など多彩で、日本酒の品揃えが自慢らしい。有家が酒のメニューを見ながら提案した。

「よかったら飲まないか？　俺も車をパーキングに置いていくし、せっかくいい銘柄が揃っているから」

「はい。いただきます」

予約がなかなか取れないという店は盛況ではあるものの、カウンターは広めの配席でゆったりしている。

寿司の味は、素晴らしかった。握りの味もさることながら、一品料理の焼いた秋刀魚《さんま》に肝ソースを掛けたものや湯葉入り茶碗蒸しにいくらを載せたものが美味しく、思わずため息が漏れる。

勧められるがままに飲んだ日本酒は料理によく合い、つい盃を重ねてしまった。心地よい酩酊《めいてい》をおぼえながら、真冬は「自分がこんな店にいるなんて、嘘のようだ」と考える。

（少し前の、節約ばかりしていた暮らしが嘘みたい。いつか一樹にも食べさせてあげたいな）

有家の援助で弟の一樹は以前より余裕のある暮らしができているものの、毎日自炊をするのはきっと大変だ。

自分と同じように苦労をしてきた彼を、いつかこの店に連れてきてあげたい。そんなふうに考えながら寿司を食べ終え、デザートのシャインマスカットで締めくくると、すっかり満腹だった。

カードで会計を済ませた有家の隣で席を立った真冬は、ふいにグラリと身体が揺れるのを感じて声を漏らす。

「あ……っ」

「危ない」

彼が咄嗟に肘をつかんでくれ、事なきを得る。

何とか店の外に出たものの、自分でも予想外に酒を飲んでしまっていたらしく、ふわふわとした酔いは強まる一方だった。ひんやりとした夜気が火照った頬に心地よく、真冬は有家を見上げて礼を述べる。

「幸哉さん、ご馳走《ちそう》さまでした」

「いや。足元がふらついてるし、少し飲ませすぎてしまったみたいだな。もっと早く止めればよかった」

そんな彼はまったく酔っている気配がなく、至って普通の顔で、それを見た真冬は頬を膨らませてつぶやく。

「わたし以上に飲んでたはずなのに、幸哉さんはどうして酔ってないんですか？」

「普段からつきあいで飲む機会が多いし、たぶんそういう体質なんだろう。それより、酔ってる真冬は可愛いな、ちょっと子どもっぽくて」

微笑む有家の端整な顔を見つめ、真冬は「悔しいけど、やっぱり恰好いい」と頭の隅で考える。

普段のスーツ姿ももちろん似合っているが、こうして少しラフな服装も嫌になるほど様になっていて、見ているとドキドキしてしまうのが悔しかった。そもそも彼の顔が好みでなければ、自分は子どもを生むことを了承していない。

(……でも)

先ほどドライブの途中で、真冬は「もしかすると有家が優しいのはあくまでも演技で、出自で見下しているこちらがコロッと落ちる様を楽しんでいるのかもしれない」という可能性に思い至り、ならば自分はさらにその裏をかこうと心に誓った。

そして彼を篭絡《ろうらく》するにはどうしたらいいかを考え、真冬は自身のおしとやかなイメージを最大限に利用し、有家の気持ちをつかむことで精神的に優位に立つべきだという結論を出した。

(だったらわたしは、とことん庇護欲《ひごよく》をそそる女を演じよう。お義母さんや仲居さんたちの前でも徹底的にしおらしく振る舞って、幸哉さんに「守ってあげたい」と思わせる。そうして上手く立ち回って、やんわりと自分の思う方向に動かすのがベストだ)

児童養護施設で育った真冬は、感情のままに行動する子どもが周囲から疎《うと》まれたり嫌われたりするケースを数多く見てきた。

それを反面教師に本心を隠しておとなしく振る舞うことを覚え、人間関係のトラブルをできるかぎり回避できたと自負している。そうして培《つちか》ってきたスキルを使うのは、今だ。目の前の〝夫〟を篭絡し、離婚するまでその気持ちを惹きつけ続ければ、優位に立ち回れるだろう。

（そのためには、何だってする。この人にもっと「可愛い」って思わせないと）

そう結論づけた真冬は顔を上げ、酔いがにじんだ瞳で有家を見つめて口を開いた。

「酔ってしまったので、少し歩きませんか？　夜風が気持ちいいですし」

「ああ」

「じゃあ、手を繋いでください」

無邪気を装って手を差し出すと、彼がふと目を瞠る。有家がふいにこちらの手をつかみ、グイッと強く自身のほうに引き寄せた。

「あ……っ」

よろめいた真冬の頬が、有家の胸にぶつかる。

顔を上げた瞬間、思いのほか近くで彼の眼差しに合い、ドキリとした。有家がこちらを見下ろし、わずかに眉をひそめて言う。

「真冬は酔うと、そんなふうになるんだな。過去の飲み会でもそうやって男に甘えたのか？」

「そんなこと……してません。普段からお酒はほとんど飲みませんでしたし、そういう集まりに誘われても参加するお金が惜しかったので」

するとと彼が笑い、どこかホッとしたように言う。

「そうか、よかった。悪いが散歩はここまでだ」

「えっ？」

「そんな可愛い甘え方をされたら、我慢できない。早く君に触れたいからうちに帰ろう」

有家が手を挙げてタクシーを停め、真冬を先に乗り込ませる。

走り出した車の中、真冬は自分の作戦があっさり成功したことに驚いていた。あの程度の行動で彼がその気になったのが、心底意外でならない。家柄と容姿に優れた有家はおそらく女性にもてていたに違いないが、過去にどのくらいの人数と交際したのだろう。

(一人ってことはないよね。だったら三人、四人？　……結婚願望はないのに、女の人と交際はするんだ)

ベッドの中の彼はいつもひどく巧みで、他の女性との行為を想像した真冬の胸がシクリと疼く。現在三十一歳の彼が過去に誰かと交際しているのは当たり前なのに、モヤモヤとした気持ちがこみ上げていた。西麻布から高輪までは十分少々の距離で、やがてタクシーが自宅前に停まる。隣接する杣谷は建物がライトアップされ、門口から覗く石畳のアプローチと中庭が雅《みやび》な雰囲気だ。

それを横目に、有家に手を引かれた真冬は自宅に入る。まだ店は営業中のため義母の早智はおらず、家政婦の前田も既に帰宅している。

つまり二人きりの状況で、彼は真冬と手を繋いだまま階段を上がり、二階の寝室に向かった。そして戸口で振り返ると、身体を引き寄せて唇を塞いできた。

「ん……っ」

有家の舌が口腔に押し入り、ぬるりと絡められる。

最初から深いキスは日本酒の香りがして、まだ酒気が強く残っている真冬は酔いが助長されるのを感じた。表面を擦り合わせ、ときおり強く吸われて、喉奥からくぐもった声が漏れる。キスを続けながら彼の手が太ももに掛かり、ワンピースの裾をまくり上げてきて、真冬はドキリとした。

そのままストッキング越しに下着をまさぐられ、思わずその手を押し留めて言う。

「……っ……幸哉さん、シャワーを……」

「あとでいい」

「えっ……ぁっ！」

下着の中に入り込んできた手が花弁を割り、蜜口を探る。

硬い指で入り口をくすぐられ、中が反応して蠢くのがわかった。わずかににじみ出した愛液を塗り広げ、ぬめりを纏った指が敏感な快楽の芽を探る。触れられた途端にじんとした甘い愉悦がこみ上げ、真冬は吐息を漏らした。

「はあっ……」

やがて下着の中から粘度のある水音が立ち始め、じんわりと頬が熱くなる。

既に快楽を知っている身体はたやすく蜜を零し、有家の愛撫に反応していた。蜜口に浅く指を挿れられ、柔襞が貪欲に絡みつこうとする。もっと奥に欲しいのに彼はそれ以上はせず、じりじりともどかしさが募った。

「ぁっ……幸哉、さん……」

「ん？」

「もっと奥に、欲し……っ」

これまでの真冬は、こんなふうに有家に行為をねだったことはない。

だが今は彼を自分の虜《とりこ》にしたい、この関係の主導権を握りたいという気持ちがふつふつと湧いていた。真冬は腕を伸ばし、有家の首を引き寄せる。そして唇を塞いで自ら舌を絡めると、すぐに彼が応えてきた。

「うっ……は……っ」

こちらから仕掛けたはずなのに一方的に貪られ、真冬は小さく声を漏らす。ぬめる舌が口腔を蹂躙し、喉奥まで探る動きに翻弄された。

理性まで奪うような濃密なキスに太刀打ちできず、真冬の中に悔しさがこみ上げる。思考が覚束なくなった頃にようやく唇を離され、熱っぽい息を吐いた。

「はぁっ……」

互いの間を唾液が透明な糸を引き、真冬はぼうっと目の前の有家を見つめる。すると彼がこちらの濡れた唇に触れ、色めいた眼差しで言った。

「いつになく積極的なのは、酒に酔ってるせいか？　いきなりそういうことをされると、こっちも箍《たが》が外れそうになる」

「……っ」

片方の手でネクタイを緩めるしぐさが男っぽく、真冬の胸が高鳴る。

こうして大胆な振る舞いをするのは、あくまでも作戦だ。自らにそう言い聞かせながら、真冬は潤んだ瞳で有家に問いかけた。

「こういうわたしは、嫌いですか……？」

「いや。可愛いよ」

そう言って彼がこちらのストッキングと下着に手を掛け、脱がせてくる。

そして自身のスラックスをくつろげ、真冬の背中を壁に押しつけながらこちらの片方の脚を抱え上げると、正面から一気に貫いてきた。

「うぅ……っ」

切っ先が隘路を拡げつつ奥まで進み、ねじ込まれた剛直の大きさに真冬は小さく呻く。

昂りは張り詰めて硬く、ずっしりとした質量があって、奥まで挿れられると息が止まりそうになった。片方の脚で立つ姿勢が怖く、目の前の有家の首に両腕でしがみつくと、彼がゆっくりと腰を押しつけて結合を深くしてきた。

「んぁ……っ」

「狭いな、真冬の中。でもビクビク震えて、俺のを締めつけてくる……」

「あっ、あっ」

律動を開始され、深く突き上げる動きに真冬は喘ぐ。

最初は引き攣《つ》れるような感覚が強かったものの、にじみ出る愛液で少しずつ動きがスムーズになった。壁と有家の身体に挟まれて逃げ場がない中、何度も屹立を根元まで埋められ、身体がじわりと汗ばむ。

「はぁっ……ぁっ、……ん……っ」

互いに着衣のまま、しかも立ってする行為は性急で、官能を煽っていた。

目の前の有家はかすかに呼吸を乱しており、快感をおぼえているのが伝わってきて、真冬はゾクゾクする。

自分が彼を感じさせているのだと思うと甘酸っぱい気持ちがこみ上げ、意図して体内の昂りを締めつけた。すると有家が熱い息を吐き、押し殺した声でささやく。

「悪い、少し激しくしていいか」

「あっ……！」

返事をする前にずんと深く突き上げられ、真冬は高い声を上げる。

言葉どおり彼が激しい律動を送り込んできて、嵐のような快感に耐えた。何度も子宮口を抉る硬い楔を、内壁が断続的に締めつける。じわじわと高まる感覚に追い詰められ、有家にしがみつく腕に力を込めると、やがて彼がぐっと奥歯を噛んで射精した。

「はぁっ……」

熱い飛沫《ひまつ》が隘路を満たし、柔襞がそれを啜るように蠢く。

こうして中で出されると自分が身体の奥まで有家のものにされている感覚が強くなり、彼にすべてを委《ゆだ》ねてしまいたい気持ちでいっぱいになった。抱え上げられていた脚を下ろされた真冬は、その場にへたり込みそうになる。するとその身体をひょいと抱き上げ、有家がベッドまで運んだ。

「ゆ、幸哉さん？」

びっくりして声を上げると、彼がこちらの身体をベッドに下ろして言う。

「まさか今ので終わったつもりでいるのか？　まだだぞ」

「えっ」

「うっかり早く達ってしまったからな。今夜はいつもと違って時間があるんだし、もう一回抱かせてくれ」

そう言いながら有家が真冬のニットに手を掛け、脱がせてくる。

着ているものをすべて取り去られ、裸体を晒す形になった真冬が所在ない気持ちで脚を閉じると、彼がこちらの膝をつかんで言った。

「脚を開いて、見せてくれるか」

「み、見せるって何を……」

「真冬の全部が見たい」

有家の言わんとしていることを理解し、真冬の顔がかあっと赤らむ。

室内は電気が点《つ》いていないものの、カーテンが開いたままで外の灯りが差し込んでおり、完全な闇ではない。つまり、脚を開けばたった今抱かれたばかりで潤んだままの秘所を見られてしまうということで、言葉にできないほどの羞恥がこみ上げた。

(でも……)

ここで従順に振る舞ったほうが、有家の気持ちを引き寄せられるのではないか。そんな思いが頭をよぎり、真冬は恥ずかしさをこらえながらそろそろと脚を開く。

「……っ」

彼の視線が秘所に注がれているのを痛いほど感じ、蜜口がヒクリと蠢く。

すると先ほど中で放たれた精液が溢れ出て、ベッドカバーを濡らしていくのがわかった。それを見た有家が、真冬の太ももをつかんでより大きく脚を広げながらつぶやく。

「ああ、せっかく中に出したのに、溢れてきてしまったな」

「……っ……」

「ここ、どうなっているかわかるか？　真っ赤に熟した柘榴《ざくろ》みたいで、そこから俺が出した精液が零れ出てる。ときどき入り口がひくついて、すごくいやらしい」

「や……っ……」

実況されるとことさら意識してしまい、蜜口がひくつくのを止められない。

中から白濁した精液がトロトロと溢れ、視線を感じた花芯も尖り出しているのがわかって、真冬はいたたまれない気持ちを押し殺した。次の瞬間、彼の指が二本蜜口に埋まり、隘路を緩やかに行き来し始める。

「あっ……！」

ぬちゅぬちゅと耳を覆いたくなるような淫らな水音が立ち、それが恥ずかしくて思わずきつく締めつける。

それでも有家の動きは止まらず、指で中を穿ちながら身を屈め、真冬の胸の先に舌を這わせてきた。

「んん……っ」

先ほどはまったく触られなかったせいか、そこは外気に触れただけで既に硬くなって疼いている。

舌先で乳暈をなぞられ、軽く吸われるだけで感じてしまって、彼の指を受け入れたところが反応してビクビクと蠢いた。声と中の動きでそれがわかるのか、有家がより強く胸の先端を愛撫してきて、真冬は切れ切れに喘ぐ。

「はぁっ……あ……っ」

胸も穿たれる内部も気持ちよく、身体がじんわりと汗ばんでいく。一度抱かれたばかりの身体はたやすく快感を追い、再び愛液をにじませるのを止められなかった。

腕を伸ばして彼の髪に触れると、有家が視線だけを上げてこちらを見る。これ見よがしに舌を出して胸の先端を舐めるしぐさがいやらしく、たまらなくなった真冬は彼の顔を引き寄せると自らその唇を塞いだ。

「んっ……ふっ、……ぅ……っ」

熱っぽい舌同士を絡め、蒸れた吐息を交ぜる。

そのあいだも有家の指が隘路を行き来していて、淫らな音が聞こえていた。キスをしながら視線を合わせ、互いの目に同じくらいに強い欲情がにじんでいることを意識する。今すぐ彼が欲しい気持ちが湧き起こり、そう思っているのが自分だけではないのが確信できて、真冬は安堵した。

やがて有家が指を引き抜き、再び硬く張り詰めた屹立を蜜口にあてがう。そしてぐちゅりと音を立てながら中に押し入ってきて、真冬は圧迫感に声を上げた。

「あ……っ！」

ついさっき達ったばかりとは思えないほど充実した楔が、中をみっちりと満たしていく。奥まで埋められると内臓がせり上がるような感覚をおぼえ、真冬は喘いだ。苦しいのは最初だけで、すぐに馴染んだ柔襞が貪欲に肉杭に絡みつく。最奥を捏ねるようにされると膣内に残ったままの精液が攪拌《かくはん》され、ぐちゅぐちゅと淫らな音を立てた。

「聞こえるか？　音。さっき俺が出したものが、真冬の中で掻き混ぜられてる」

「や……っ」

「早く妊娠するように、いっぱい出さないとな。一番奥で」

ずるりと入り口近くまで腰を引き、長いストロークで隘路を穿たれる。

内壁を余さず擦り上げながら行き来され、真冬は律動に押し出されるように声を上げた。ずっしりと質量のある剛直が何度も奥を突き上げ、内壁が断続的にわななく。もう何度も抱かれて馴らされた中は甘い愉悦を伝えてきて、有家のものをきつく食い締め、射精を促すように蠢いていた。

（どうしよう、わたし……こんな）

この結婚はビジネスで、子どもができるまで淡々と行為を繰り返すとばかり思っていたのに、こんなふうに抱くなど反則だ。

彼の眼差しや言動は当初のイメージとは違って優しく、真冬をなおざりに扱ったことは一度もない。身体に触れるときも丁寧で、まるで恋人を相手にしているかのような甘い抱き方をする。

本当はそれすらも有家の作戦で、こちらが妊娠出産を終えるまでの戯れにすぎないのかもしれないが、恋愛経験が少ない真冬はたやすく翻弄されてしまっていた。

(でも……)

彼を出し抜くためには、あえてこの腕に溺れてもいいのかもしれない。

あくまでもこの結婚が〝契約〟で、満了までスムーズに履行することを考えたら、素直で庇護欲をそそる女を演じるのが最善だ。ならば昼間は仕事に懸命でおしとやかな若女将を、そして夜は夫の愛撫に素直に身を委ねる可愛い妻として振る舞えば、有家は自分に骨抜きになるに違いない。

そう考えた真冬は彼の首に腕を回し、その上体を引き寄せる。そして律動に揺らされながら、有家の耳元でささやいた。

「……っ、もっと、奥に欲し……っ……」

彼が思いがけないことを言われたかのように息をのみ、かすかに身体を揺らす。

すぐにぐっと深いところを突き上げられ、真冬は「あっ」と声を上げた。身体を密着させて深く腰を入れつつ、有家が押し殺した声で問いかけてくる。

「奥って、ここか?」

「あっ、そこ……っ」

硬く漲ったもので中を埋め尽くしながら切っ先で何度も子宮口を抉られ、真冬は身も世もなく喘ぐ。目がチカチカするほどの快感に今にも達しそうになり、思わず身体が逃げを打つと、それを押さえつけて彼が激しく腰を打ちつけてきた。

「あっ……はぁっ……ん……っ……あ……っ！」

息荒く交わりながら、真冬は目の前の有家にいとおしさに似た思いを抱く。

中を穿つものの大きさと硬さをまざまざと感じ、断続的に締めつける動きが止まらない。すると彼が真冬の片方の膝裏をつかみ、唸《うな》るように言った。

「くそっ、もう出る……っ」

「んぁっ！」

何度も深く肉杭を突き刺され、身体が揺れる。激しい動きにベッドが軋《きし》みを上げ、真冬は背をしならせて達した。ほぼ同時に有家が息を詰め、最奥でドクッと吐精する。

「はあっ……」

奥に注がれる熱い体液を、媚肉《びにく》が震えながらのみ込んでいく。

ヒクヒクとわななく内壁が貪欲に屹立に絡みつき、白濁を余さず搾り取ろうとしていた。何度か隘路を行き来してすべてを吐き出した彼が、充足の息をつく。そして荒い呼吸を繰り返す真冬の頬を撫で、唇を塞いできた。

「ん……っ」

快楽の余韻を分け合うキスは甘く、緩やかに舐められる舌に陶然とする。

うっすら目を開けると間近で視線が絡み、汗ばんでもなお端整な有家の顔に胸の奥がきゅうっとした。彼が微笑み、吐息が触れる距離で言う。

「汗だくだな。一緒に風呂に入ろうか」

身体を洗い流したいのは山々だが、立て続けの行為で疲労困憊だ。真冬はまだ整わない息の中、小さく答えた。

「わたしはあとでいいです。すごく疲れてしまって」

「そうか。だったら俺が先に入ってくる」

有家がこちらの目元にキスをし、ベッドから起き上がる。そして甘さをにじませた眼差しで真冬の頭を撫でて言った。

「戻ってきたら起こしてやるから、少し寝てろ。――じゃあ、あとでな」

第六章

料亭は個室のしつらえや料理から感じられる季節感を何より大切にしており、十月の杣谷のメニューは秋らしいものとなっている。

秋刀魚やきのこ、柿などの旬の食材を使うのはもちろん、料理の付け合わせの蕪《かぶ》を菊花の形にしたり、人参を紅葉《もみじ》の飾り切りにしたりと、料理人の繊細な技術の見せ所だ。

今月は毎週水曜日限定で、茶道の椿原流《つばきはらりゅう》の次期家元を講師として招いた茶懐石のイベントを行っていた。茶懐石は一汁三菜を基本とし、茶事の主旨に合わせた旬の料理が求められるが、季節感を重視した丁寧なメニューは客に好評だと有家は報告を受けた。

「今回の企画は本格的な茶道を体験できる上、懐石料理を食べられるとあって、若い女性のお客さまの問い合わせが多くなっています。椿原さんのスケジュール次第ですが、もう少し回数を増やしてもいいかもしれません」

営業部長の江本からそう提案された有家は、実際の予約状況をパソコンで見ながら答える。

「そうだな。検討してみよう」

「お願いします」

彼が事務所を出ていき、有家は小さく息をつく。父の跡を継いで社長になって以降、有家は老舗料亭の品格を保ちつつ店の間口を広くするよう努めていた。

幸いにも立ち上げた企画はどれも好評で、売り上げは前年比で上がっており、手ごたえを感じている。現場の仲居たちは客が増えて大変なようだが、江本や女将の早智が上手く取り仕切ってくれていた。若女将として修業中の真冬も頑張っていて、最近は彼女に対する早智の態度が軟化しているのを感じる。

（最初こそ、母さんは「それなりの家柄の人でなければ杣谷《うち》の若女将は務まらない」って言って渋い顔をしてたけど、真冬はひとつひとつの仕事を丁寧にこなしてる。懸命に努力している様子が見えるから、無下にもできなくなってきてるんだろうな）

有家が真冬と結婚して、一ヵ月半ほどが経つ。

金と引き換えに子どもを生んでもらうビジネス婚だったが、有家の心には少しずつ変化があった。それは、彼女自身への興味だ。一緒に過ごす時間が増えるうち、実は食いしん坊だったり、ときおりツンとする気まぐれな猫のような一面を見るようになり、「彼女は見た目どおりの性格ではないのかもしれない」と考えるようになった。

意外だったのは、自分がそれを不快に思わなかったことだ。取り繕った態度より、素の表情のほうがずっといい。考えてみれば、真冬は幼少期に両親を亡くしてから児童養護施設で育っており、十八歳でそこを出てからは身体の弱い弟を抱えて一人で生活を成り立たせてきた。

つまり若いのにかなりの苦労をしていて、そんな彼女が実は自己主張がはっきりしたタイプの女性だったとしても何ら不思議はない。

（でも……）

結婚して半月ほどが経った頃から、真冬はベッドで素直な反応をするようになり、恥じらいながらも応えてくるようになった。

何気ない会話をしているときも笑顔を見せるようになり、有家はそんな彼女を「可愛いな」と思う瞬間が多々ある。だがこちらから契約結婚を持ちかけ、真冬が熟考の末にそれを了承したとき、彼女の瞳には屈辱がにじんでいた。そんな真冬が、わずかな期間で自分にそれほど心を許すだろうか。

（何か裏がある気がするな。もしかして彼女は、俺の前で演技をしてる……？）

最初に話をしたとき、有家の「家柄も身寄りもない人間と結婚したほうが、周囲と無駄な軋轢を生まずに済む」という発言は、真冬のプライドを踏み躙《にじ》るひどいものだった。

結婚当初の彼女がときどき見せていたツンとした態度は、金と引き換えにした結婚に葛藤《かっとう》があることを如実に表しており、反省した有家はパートナーとしてその問題に真摯に向き合おうと考えていた。

だが最近の真冬は、有家との行為を「義務だ」と言いきったときとはまるで逆だ。むしろ恋人のように親密な態度を取るようになっているが、それはこちらと円滑な関係を築くための努力なのだろうか。

それとも本心は別のところにあり、本当は微塵も有家に心を許していないにもかかわらず、ああした態度を取っているのだろうか。

だとすれば、彼女は相当計算高い女だ。だが自分たちの関係があくまでも〝契約〟で、金で繋がっているという前提条件を考えれば、それは当然なのかもしれない。

（もし真冬が演技をしているのだとしても、俺は彼女を責められる立場じゃない。むしろ夫婦生活を円滑にしようと努力してくれてのことなら、感謝しなければならないくらいだ。……でも）

シクリと心が疼くのは、有家が真冬を気に入っているからだろうか。

彼女の内面に惹かれ始めた矢先に本心を隠され、肩透かしを食らっている。だが自分たちの関係を考えれば問い詰めるわけにもいかず、手をこまねいていた。

むしろ現状を不満に思うのは、おこがましいことだともいえる。真冬は夜ごと有家の求めに応じ、早く妊娠できるように努めている。それだけではなく、杣谷の若女将見習いとして日々仕事を学んでくれていて、その努力には頭が下がる思いだ。

（対価として潤沢な金を渡しているんだから、ギブアンドテイクといえなくもないが。……だいぶ負担をかけてるのが申し訳ない）

彼女は有家から毎月生活費の名目で多額の現金を受け取り、それで弟の一樹の生活を賄っている。持病がある弟を独り暮らしさせていることは真冬にとって大きな懸念らしく、普段からまめに連絡を取り合い、週に二日ある休日のうち一日はアパートまで様子を見に行っているようだ。ついでに料理の作り置きをしたり一緒に食事をしているといい、いつも帰宅は夜になっていた。

（今日も出掛けると言っていたから、一樹くんのところに行ってるのかな。「夕食を三人で一緒に取ろう」と誘ってみようか）

彼女の弟である一樹は有家にとって義弟に当たり、誼《よしみ》を通じるのは何らおかしくない。幼い頃から苦労してきたのは真冬と同様で、普段は自炊をしていると聞いているため、たまにはどこかいい店で食事をさせてやると喜んでくれるだろう。

有家はスマートフォンを操作し、彼女にメッセージを送る。そしてしばらく事務所で仕事をし、店のランチ営業が終わったあと、板場の修繕を依頼する予定の工務店の人間に対応した。

「なるほど、板場のダクト音が気になるということですね。以前修繕されたのが十二年前でしたら、使用頻度からいっても確かに劣化してくる時期だと思います」

工務店の人間が脚立を持ち込んで設備を点検し、新たなダクトの設置や金額の見積もり、工事の日程などを打ち合わせて帰っていく。

玄関で業者を見送った有家は、事務所に戻ろうとした。すると店舗内の掃除のために立ち動いていた仲居の一人が、声をかけてくる。

「社長、お疲れさまです」

視線を向けると、そこにいるのは二十代半ばの仲居だった。

(石本さんか。彼女は俺の姿を見つけると、いつも声をかけてくるな)

杣谷に入社したときから有家は渉外担当で、店で接客はしていない。

だが上客の来店時に挨拶をしたり、料理長との打ち合わせのためにしばしば店舗を訪れることがあり、そのたびに石本は声をかけてきていた。彼女がこちらに歩み寄り、笑顔で言う。

「業者さんとの打ち合わせ、ご苦労さまです。実は数日お休みを取っていた藤本《ふじもと》さんが、旅行土産のお菓子を持ってきてくれたんです。よろしければ一緒に休憩なさいませんか?」

そう言って石本が、さりげなく有家の肘に触れてくる。

先ほど有家が工務店の人間と店舗を訪れた際、彼女は四人ほどの仲居と廊下で立ち話をしていた。今もそのままの位置にいて、つまりこちらが打ち合わせをしていたあいだもずっとお喋《しゃべ》りしていたということだ。

だが石本たち以外の仲居は忙しく立ち動き、店の清掃をしている。それを見つめた有家は、彼女につかまれた腕を解きつつ言った。

「悪いが遠慮しておく。他の仲居さんたちは清掃で忙しそうだが、君たちの仕事は終わったのかな。だったら俺を休憩に誘う前に、まだ作業をしている人を手伝ってあげればいいと思うが」

するとと石本がわずかに狼狽し、取り繕うように笑う。

「も、もちろん手伝いますよ。社長が見ていらっしゃらないところで、私たちちゃんと働いてますから。ねっ」

「え、ええ」

有家は彼女たちをじっと見つめ、淡々とした口調で告げた。

「仕事が残っているから、失礼する」

「あっ、はい。お疲れさまです」

踵を返した有家は、事務所に戻る。

石本は入社六年目の社員で、仲居たちの若手グループを仕切っている人物だ。接客はきちんとしているようではあるものの、先ほどの様子ではそれ以外の雑務は手を抜いており、他のアルバイトたちに押しつけているのが窺える。

（ああいうタイプの人間を放置しておくと、スタッフ間の空気が悪くなるな。母さんに少し話してみるか）

事務所に戻ってスマートフォンを確認すると、真冬からメッセージがきている。

内容は「今日は弟には会っていないんです」「今は新宿《しんじゅく》にいて、これからそちらに戻ります」というもので、有家は「一樹に会っていないのなら、彼女は一体どんな用事で出掛けていたのだろう」と首を傾げる。

（まあ、ずっとこの家にいてもストレスが溜まるだろうしな。買い物にでも出掛けていたのかも）

そう考えながらスマートフォンを操作し、有家は「俺はもう仕事を上がれるから、どちらにせよ外で飯を食おう」と返信する。

するといくらも待たずにＯＫの返事がきて、思わず微笑んだ。真冬の真意はいまだわからず、手探りでいくしかない。だが自分の中の疑いに目を瞑《つむ》れば、ときおり甘えてきたり素直に身を委ねてくれる彼女は可愛く、一緒にいると楽しいと感じる。

（今日はどこに行こうかな。好き嫌いはないと言っていたから、海鮮が食べられる鉄板焼きの店でも予約するか）

そう考え、仕事で使ったことがある高級鉄板焼き店の番号をスマートフォンの電話帳で検索する。

腕時計をチラリと確認すると、時刻は午後四時半を過ぎたところだった。デスクのパソコンを閉じた有家は、このあと真冬と過ごす時間に思いを馳せつつ、足取りも軽く事務所を出た。

何度かのやり取りのあと、有家から「これから車で迎えに行くから、どこかのカフェで時間を潰していてくれ」というメッセージが届き、真冬はスマートフォンを閉じる。

そして周囲を見回し、少し離れたところにあるチェーン店のカフェに足を向けた。ほどほどに混み合った店内でカフェモカを注文し、窓際のテーブルに座る。そして車と人が多く行き交う往来を見つめ、小さくため息をついた。

(外に出たくて映画を観《み》に来たけど、休みもあっという間だったな。明日からまた仕事か)

以前は喫茶店と牛丼店のダブルワークをしており、それに比べれば杣谷の若女将としての仕事は楽だ。

朝は九時に出勤し、昼に一時間、三時半から三十分の休憩がもらえる。まだ半人前ということもあって午後六時には退勤させてもらえ、時間の拘束は以前より格段に短くなった。おまけに給与とは別に有家から生活費という名の多額の現金をもらっていて、金銭的なゆとりができたのは大きい。

だが老舗料亭はこれまで馴染みのない世界で、どうしようもなく気疲れするのは否めなかった。

まず毎日着物を着なければならず、身動きひとつするのにも神経を使わなくてはならない。着物や帯のチョイスに頭を悩ませるのはもちろん、店舗に飾る花を生けるのも仕事のひとつで、早智の前で腕前を披露するのはひどく緊張した。

（最初の頃は何もかもに駄目出しされて、きつかったな。お義母さん、口調は丁寧だし指摘も的確なんだけど、ニコリともしてくれなくて）

だが家柄もない施設育ちの女を息子の嫁に迎えた彼女が、すぐに受け入れられないのは当然だ。

そう考えた真冬は早智に一切逆らわず、言われたことを覚えるように努めた。週に一度、茶道と華道の教室に通い、作法を身に着ける。その日の店のメニューもすべて暗記し、仲居たちが担当する雑務も暇を見て率先して行った。

そうして一ヵ月半が経つ現在、早智に注意されることはだいぶ減った。ときおり「今日のお花はいいわね」「お着物と帯の合わせ方、上手ですよ」と言葉少なに褒めてくれるようになっていて、真冬は面映ゆい気持ちを押し殺す。

（お義母さん、わたしの出自に満足はしてないんだろうけど、過剰にきつい言葉をぶつけてきたりはしないし、言うことは筋が通ってる。きっと悪い人じゃないんだ）

義母の態度の軟化は、慣れない生活の中で張り詰めていた真冬の気持ちを幾分楽にさせた。

しかし周囲はそうではなく、先日有家家を訪れた親戚の母娘は聞こえよがしにこちらに嫌みを言った。

『施設育ちの女が杣谷の社長を捕まえるだなんて、ほんと上手いことやったわよねー。従妹《いとこ》である私のほうが、よっぽど杣谷の若女将にふさわしいのに』

『一体どんな手を使ったのやら。幸哉さん、もしかしたら既成事実でも作られて強請《ゆす》られたんじゃないでしょうね。外聞を考えて渋々結婚を承諾したとか、あり得そうでしょ』

結婚式に参列した彼女たちは有家の父方の親戚で、挨拶のために座敷を訪れた真冬が退室したタイミングでわざとそうした発言をしていた。

すぐにその場を離れたため、早智がどう返事をしたのかはわからない。しかし悪意に満ちた言葉を聞いた真冬は、深く傷ついていた。

(わたしが色仕掛けで幸哉さんを落としたって言いたいの？　施設育ちだから、成り上がるためには何でもするだろうって？)

おそらくはあの母娘だけではなく、有家家の親戚の大多数がそんなふうに思っているのだろう。

だが多額の金銭援助と引き換えに結婚したのだから、彼らの解釈はあながち間違っていない。

(少し頑張ったからって、周囲のわたしへの評価はそう簡単には変わらないよね。きっと陰ではもっと口さがなく罵《ののし》られてるはずだし)

真冬の憂鬱は、それだけではない。

杣谷の仲居たちの一部もこちらをよく思っておらず、嫌がらせが深刻化していた。かねてから真冬を遠回しに当て擦り、「社長と結婚したからといって調子に乗るな」と牽制《けんせい》していた石本たちだが、このところ陰湿な行動に出ている。

真冬が履いていた草履《ぞうり》が三和土に乱れた形で置かれていたり、早智から頼まれた伝達事項を伝えても聞こえないふりをされるのはまだ可愛いほうで、畳の拭き掃除をしているときに廊下に置いていた水のバケツをわざと倒されたり、ランチ営業でバタバタしているときに配膳台でぶつかられ、積み上げていた木製のお盆を盛大に落としてこちらのせいにされたこともあった。

彼女たちがいやらしいのは、すぐに謝ってくるところだ。「若奥さま、うっかりぶつかってしまってすみません」「片づけ、お手伝いしますね」と言って、甲斐甲斐しく片づけを手伝う。営業部長の江本や料理人たち、女将の早智にその光景を見られても言い訳できるよう、周到に立ち回っているのが姑息だった。

(あの人たち、わたしへの嫌がらせが仲居以外のスタッフにばれないようにしてる。あくまでも「そそっかしくて仕事ができない若奥さまを、私たちがサポートしてあげてる」っていうスタンスで、わたしを貶《おとし》めつつ自分たちの評価を上げるように振る舞ってるんだ)

石本の真冬への嫌みは相変わらずで、他の仲居と話している体を装いながら「忙しいときに仕事ができない人にうろつかれると、ほんっと邪魔」「もし女将さんが引退して誰かさんが後釜に座ったら、杣谷の評判がガタ落ちになるかもね。先が思いやられるわ」などと言われたりしたが、真冬はいつも目を伏せてやり過ごし、面と向かって言い返したことは一度もなかった。

（これまで何をされてても黙ってきたけど、あの人たちの嫌がらせはいつまで続くのかな。そろそろはっきり言い返したほうがいい？）

真冬は石本たちに対してまったく萎縮《いしゅく》しておらず、その気になれば言い返せるくらいの気の強さがある。

あえてそれをしないのは、事を荒立てたくないからだ。有家や早智に訴えれば何らかの手立てを講じてくれるかもしれないが、もしそれで複数の仲居が辞めることになったりした場合、店の営業に影響が出る。

（それに……）

自分が杣谷で働くのは期間限定のため、我慢したほうがいいという気持ちも多分にあった。

有家の子を妊娠して出産したら、真冬は彼と離婚する予定だ。つまり現状の煩わしさからきれいさっぱり解放されるということで、何とか気持ちに折り合いをつけようとするものの、やはり嫌がらせが積み重なれば鬱々とする。

そのため、休日である今日は朝から逃げるように屋敷を出てきてしまった。今までは休みの日は一樹のアパートに行き、掃除や洗濯、料理の作り置きなどをしていたものの、そんな気になれない。足が赴くがままに新宿方面に向かった真冬は、お気に入りのミニシアターをはしごして立て続けに映画を観て過ごした。昼食はかつて自分が働いていたチェーン店の牛丼屋に入り、「こういう食事も久しぶりだな」と考えながら味わう。

夕方が近づくにつれて「そろそろ帰らなければ」という思いがこみ上げたものの、なかなか決断ができずに街中をうろついていた。そうするうちにスマートフォンが鳴り、有家から「一樹くんのところにいるなら、夕食を外で一緒に取ろう」という誘いのメッセージがきて、今に至る。

彼が到着したのは、メッセージを受けてから二十分余りが経った頃だった。カフェの外に出て店の前に佇んでいた真冬の耳に、短いクラクションの音が聞こえる。

顔を上げると目の前の道路に国産の高級車が滑り込んできて、ハザードランプを点滅させて停まった。車に歩み寄った真冬は助手席のドアを開け、中に乗り込みながら言う。

「幸哉さん、迎えに来ていただいてすみません」

「いや。道が混んでいて、思ったより時間がかかった。待たせてしまってごめん」

運転席に座る有家はスーツ姿で、相変わらず端整だ。

オーダーメイドのスーツが均整の取れた身体にフィットし、手首に嵌めた高級時計や磨き上げた靴が社長らしい雰囲気を醸し出している。

彼を前にすると、複雑な気持ちになった。結婚して半月が経った頃、優しい〝夫〟としての顔を見せるようになった有家に戸惑いをおぼえた真冬は、「有家が優しいのはあくまでも演技で、出自で見下しているこちらがコロッと落ちる様を楽しんでいるのかもしれない」という疑いを抱いた。

それが我慢ならなかった真冬は、彼を出し抜くためにおしとやかで庇護欲をそそる新妻を演じようと心に決め、今のところそれは成功している。

有家と二人でいるとき、真冬は彼に控えめに甘えるようになった。一緒に歩くときそっと手に触れたり、意識して笑顔を見せるのはもちろん、ベッドでも素直に反応すると有家の態度は目に見えて優しくなった。

夜ごとの行為は熱を帯び、それ以外のときでもこちらを気遣ってくれる。用事があって店に顔を出すと必ず声をかけてくれ、休憩時間を一緒に過ごすこともあって、もしかするとそれを石本たちに見られて嫉妬されているのかもしれない。

（でも……）

さんざん抱き合ったにもかかわらず、真冬には一週間前に月のものがきてしまった。

それは妊娠していないことを明確に示しており、何ともいえない気持ちにかられつつ有家に報告すると、彼は「そうか」とつぶやいた。

『まだ結婚して一ヵ月くらいだし、すぐにできるほうが珍しいだろう。ブライダルチェックで妊娠が可能なことはわかってるんだから、気長にいけばいいよ』

有家が失望の表情を浮かべなかったことに、真冬は安堵していた。

それと同時に後ろめたさのようなものを感じ、何となく気持ちが落ち込んでいたものの、彼は「体調がつらいなら、仕事を休んでも構わない」「身体を冷やさないよう、休憩時間は外に出ないほうがいいんじゃないか」と気遣ってくれ、夜も行為ができないのに真冬を抱き寄せて同じベッドで眠った。

そうした有家の態度は、彼が本当に妻である自分をいたわってくれているように思え、真冬の胸がきゅうっとした。

(わたし……)

折に触れて有家の優しさを目の当たりにするうち、真冬の中には少しずつ募る想いがある。

たとえ彼にとってこの結婚がかりそめのもので、いつか終わりがくる関係だとわかっていても、慕わしい気持ちを抑えることができない。有家が自分を見つめる眼差し、触れる手や気遣いに意味を見出《みいだ》したくなり、すべてを委ねてしまいたくてたまらなくなっていた。

(馬鹿みたい、わたし。幸哉さんが跡継ぎしか望んでないのは最初からわかってるのに、彼を好きになるなんて)

有家は「自分には家庭を持ちたいという願望がない」「だが杣谷を継ぐ子どもを残す義務はあるため、条件の合う女性に跡継ぎとなる子どもを生んでもらって、その後離縁したい」という意志を明確に表示しており、その対価として真冬に経済援助を申し出た。

彼としてもこちらの奨学金や毎月の手当て、そして離婚時の財産分与や謝礼まで提示しているのだから、かなり身銭を切っている状態だ。普通に相手を見つけて結婚すればそんな金を払わずに済むはずで、それでも契約結婚を望んだということは、〝条件に合う女性と短期的な結婚をし、跡継ぎを得たあとに離婚する〟というのは有家にとって譲れない条件なのだとよくわかる。

（つまりわたしが今の結婚生活をずっと続けていきたいと望むのは、幸哉さんにとって迷惑だってことだよね。この人は、いずれわたしと離婚したいと考えてるんだから）

多額の金銭援助と引き換えに契約結婚を了承したときは、ビジネスに徹するのは容易だと考えていた。

傲岸不遜《ごうがんふそん》でこちらを子どもを生む道具としか考えていない有家に、自分が恋愛感情を抱くわけがない。そう思っていたのにまんまと心惹かれ、少しでも長く今の生活を続けたいと考えているのだから情けない話だ。

ここ最近の真冬は、有家を出し抜くために始めた振る舞いが〝演技〟ではなくなっているのを感じていた。彼と一緒にいることが楽しくて、優しくされると胸がきゅうっとし、抱きしめられるとその匂いと体温に安堵する。

一ヵ月ほど前からこちらが態度を変えたことに、きっと有家は気づいているだろう。もしかしたらその意図を察してことさら優しくしているのかもしれず、いわば自分たちは〝どちらが本気で好きになるか〟というゲームをしていると言ってもいいかもしれない。

だが彼の中で出産後に離婚することが揺るがない決定事項ならば、これ以上好きにならないほうがいい。本当の気持ちは自分の中に押し込め、演技で可愛い妻を演じよう——真冬はそう心に決めた。

(そうだよ。〝演技〟なら、幸哉さんにいくらだって甘えられる。それで満足しなきゃ)

そんなふうに考えていると、有家がチラリとこちらに視線を向けて問いかけてくる。

「どうした。もしかして具合でも悪いか?」

「いえ、別に」

「今日はてっきり一樹くんのアパートに行ったと思っていたのに、そうじゃなかったんだな」

真冬が「朝からミニシアターで、マイナー映画を数本観た」と言うと、彼が興味深そうに言う。

「へえ、ミニシアターなんて行くのか。一体どんなのを観たんだ?」

映画の内容を話しているうちに十五分ほどが経過し、神楽坂《かぐらざか》にある飲食店に着く。

そこはシックな雰囲気の、鉄板焼きの店だった。料理は季節と仕入れによって変わるコース料理のみで、近江牛《おうみぎゅう》や海鮮を使ったメニューが売りらしい。希少な日本酒やフランス産のワインを揃えており、車の運転がある有家はペリエを頼んだが、真冬には酒を勧めてきた。

「わたしもソフトドリンクで結構です。一人で飲むなんて」

「遠慮するな。俺は酔った真冬を可愛いと思ってるから、むしろ飲んでくれたほうがいい」

冗談めかしてそんなことを言われ、真冬は「じゃあ」とペアリングで勧められたワインを注文する。

目の前でシェフが焼き上げる料理は、文句なしに美味しかった。赤身の旨味と脂身の甘味が引き出されたサーロインは柔らかく、山葵《わさび》のつんとした香りが合う。鮑《あわび》の岩塩蒸しには海藻バターソースが添えられ、贅沢な味わいだった。

「そうだ。この前も言ったけど、俺は明日から出張なんだ」

ふいに有家がそんなことを言い出して、真冬はワイングラスを置いて答える。

「確か、愛媛県《えひめけん》でしたよね」

「ああ。愛媛県は真鯛の養殖が盛んで、宇和海《うわかい》は国内最高級のブランド鯛を生産してる。その商談に行ってくる」

杣谷で使う新たな食材の調達は、社長である有家の仕事だ。せっかくなので高知県《こうちけん》にも行くといい、二泊三日の予定だと聞いた真冬は「寂しいな」と考える。

（婚約していたときも幸哉さんの出張は何度かあったけど、別に何とも思わなかった。でも、今は……）

食事を終えて店の外に出ると、ひんやりとした風が足元を吹き抜けた。

二分ほど歩いたところにあるパーキングに向かう途中、真冬は有家の腕にそっと触れる。そしてこちらを見た彼に、ポツリと告げた。

「……寂しいです。幸哉さんが出張に行くの」

「――……」

「仕事だから仕方ないって、わかってるんです。でも、結婚してからは初めてなので」

するとと有家がふっと笑い、真冬を見下ろして言う。

「そんなしおらしいことを言うなんて、酔ってるのか？」

「だいぶワインを飲んだので……。でも幸哉さんは、酔ったわたしが好きなんですよね？」

〝好き〟という言葉を意識しながらつぶやくと、彼が甘さを増した眼差しで頷く。

「そうだな。いつもより甘ったれになるから、可愛いと思ってる」

有家が「それに」と言葉を続けた。

「俺も同じことを考えてた。前は何とも思わなかったのに、後ろ髪引かれる感じで」

それは彼も、自分と離れがたいと思ってくれているのだろうか。そんなふうに考え、ドキリとする真冬に、有家がふいに問いかけてくる。

「――体調は、もう戻ったか？」

彼が言わんとしていることがわかり、真冬はじわりと頬を染めながら答える。

「あの……はい」

「そうか。じゃあ、少し待ってろ」

そう言っておもむろに懐からスマートフォンを取り出した有家は、何かを調べ始める。

そしてそれを耳に当て、どこかに電話をかけた。

「すみません。これから部屋を取りたいのですが――……ええ」

しばらく電話の向こうとやり取りをした彼が通話を切り、真冬を見て言った。

「部屋が取れた。移動しよう」

「あの、部屋って……」

「家まで待てないから、ホテルを取ったんだ。『出張に行くのが寂しい』なんて面と向かって言われたら、我慢できない」

パーキングに停めた車に乗り込んで向かったのは、歌舞伎町《かぶきちょう》だった。

去年開業したばかりの外資系ラグジュアリーホテルは目を引く外観で、さまざまな飲食店や映画館などが入った複合施設となっている。

（確かに家に帰るよりはここのほうが近いけど、わざわざ部屋を取るなんて。しかもキングスイートって、一体いくらお金を使ってるんだろう）

専用エレベーターで高層階に向かいつつ、真冬はそんなことを考える。

最初に結婚の条件を示したとき以外、有家が自身の財力をひけらかすことはなかったが、一緒に暮らしているとかなりの資産家であることが如実にわかり、つくづく自分とは住む世界が違う人間だと感じていた。

（こんな生活に慣れちゃったら、離婚したあとに苦労しそう。……庶民の感覚を保つように意識しないと駄目だよね）

やがてエレベーターが停まり、スタッフが部屋まで案内してくれる。

有家が内部の詳しい説明を断ると、彼は丁寧に一礼をして去っていった。ドアが閉まり、広々とした室内を感心して眺める真冬を、有家がふいに抱き寄せてくる。

「あ……っ」

上から覆い被さるように口づけられ、真冬はそれを受け止める。

こうして触れ合うのがひどく久しぶりで、口づけはすぐに熱を帯びた。ぬめる舌を擦り合わせながら喉奥まで探られ、くぐもった声を漏らす。わずかに息継ぎをしたあとに角度を変えて唇を塞がれ、じわじわと体温が上がった。

「うっ……んっ、……ふ……っ」

舌を絡められながらうっすら目を開けた真冬は、間近で彼の眼差しに合い、頬を染める。

ようやく唇を離した有家が、こちらの目元にキスをして言った。

「この一週間、長かった。キスくらいはしたかったけど、中途半端に触れると余計に飢餓感が増す気がして、我慢してたんだ」

「でも……毎晩一緒に寝てたのは」

「それも本当はきつかったが、別々のベッドで寝るほうが嫌だった。真冬の身体の感触とか体温が、もうすっかり馴染んでるんだろうな」

まるで自分を大切に思っているかのような発言をされ、真冬の心がじんと震える。

彼にとってはリップサービスかもしれないが、たとえそうでもうれしい。夫婦でいるあいだは円満でいようと考えての発言だとしても、その気遣いがうれしかった。

真冬は有家の背に腕を回し、そっと抱きつく。そして彼の胸に顔を埋め、ささやいた。

「先にシャワーを使わせてください。今日はずっと外にいたので」

「わかった」

部屋の内装と同様にシックな雰囲気のバスルームで、念入りに身体を洗う。

柔らかな感触のバスローブを羽織って部屋に戻ると、有家はリビングではなく寝室にいた。ベッドに腰掛けた彼はスーツのジャケットを脱ぎ、ネクタイを解いたラフなスタイルになっていて、こちらに向かって呼びかけてくる。

「おいで」

遠慮がちに近づくと、有家が自身の隣に真冬を座らせ、ふいに問いかけてきた。

「真冬は自分でしたことがあるか？」

「えっ」

一瞬何を言われたかわからなかったものの、すぐに彼の言わんとしていることを悟った真冬は、かあっと頬を赤らめる。

「それは……あの」

ないわけではない。だが以前は生活するだけで精一杯で精神的な余裕がなく、それは数えるほどだ。真冬が言いよどむと、有家がニッコリ笑って言った。

「見たいな、真冬が自分でするところ」

「……っ」

「見せて」

あまりに思いがけないことを言われ、内心ひどく葛藤した真冬だったが、彼の望みに応えたい。そんな気持ちがこみ上げ、小さく「わかりました」と答えた真冬は、ベッドに上がる。そしていくつも重ねられた枕を背に、おずおずと脚を開いた。

すると有家がこちらの脚の間に身体を割り込ませ、笑顔で言う。

「いいよ。どうぞ」

「…………」

真冬は躊躇いがちに、自身の下着の中に手を入れる。

そっと触れた秘所は、いつにないシチュエーションに興奮したのか既に潤んでいた。

「……っ、ん……っ」

指を花弁で緩やかに行き来させると、徐々に愛液がにじみ始める。

くちゅくちゅという音が立つのが恥ずかしく、太ももを所在なく動かしたものの、彼の身体があるために脚を閉じることができない。

身体が熱くなり、呼吸が乱れる。その様子を眺めていた有家が、ふいにこちらのバスローブの紐に手を掛けてきた。

「これ、解こうか」

「あ……っ」

腰紐が解かれ、バスローブの合わせが開いて胸のふくらみがあらわになる。

彼が腕を伸ばして胸の先端に触れてきて、真冬は「んっ」と声を漏らした。両方の胸の先を弄りながら、有家が穏やかな声で命令してくる。

「――そのまま続けて」

命じられるまま、真冬は下着の中に入れた手で自らの秘所を弄り続ける。

彼の手がささやかな胸のふくらみを揉み、先端を少し強めに摘まんできて、そのたびにじんとした疼痛がこみ上げた。気がつけば花弁はすっかり濡れそぼり、下着の中がぬるぬるになっている。

「んっ……ぅっ、は……っ」

上気した顔で声を押し殺しながら、真冬は有家に痴態を見られている羞恥に耐えた。尖った胸の先を引っ張られると痛みと紙一重の快感があり、身体の奥がきゅんと疼く。彼がこちらを見つめて言った。

「真冬は中に、指を挿れないんだな」

「ぁ……怖くて……」

「下着、脱ごうか」

有家がこちらの下着を取り去り、大きく脚を広げてきて、愛液でぬるぬるになったそこを見られた真冬は声を上げる。

「や……っ」

「すごく濡れてる。指を挿れるよ」

「んん……っ」

彼の二本の指が蜜口から埋められていき、真冬は眉を寄せる。

ゴツゴツとした硬い指が内壁を擦りながら奥を目指し、根元まで埋められた。有家がそのまま抽送してきて、真冬は声を上げる。

「うっ……ん、……あ……っ」

大きく脚を広げ、胸まであらわにした状態で指を埋められている状況に、身の置き所のない羞恥をおぼえる。

だが恥ずかしさに比例して隘路は濡れていく一方で、シーツにまで蜜が滴《したた》っているのがわかった。

有家が蜜口を見つめながら、指を行き来させて言う。

「中がビクビク震えてる。このまま達けそうか？」

「ぁ……わかんな……っ」

「ここも弄ってみようか」

そう言って彼がもう片方の手で敏感な花芽を摘まんできて、真冬はビクッと腰を跳ねさせる。

尖ったそこを捻られると内壁が指をきつく締めつけ、甘い愉悦が湧き出て止まらない。真冬は手の甲で口元を押さえ、涙目で訴えた。

「や……っ、一緒にしたら……っ」

「いいよ、ほら」

「あっ、あっ」

ぐちゅぐちゅと聞くに堪えない音が室内に響き、指を受け入れた中が断続的にわななく。

ひときわ奥をぐっと突き上げられるとたまらず、真冬は背をしならせて達していた。

「あぁっ……！」

頭が真っ白になるほどの快感が弾け、奥から熱い愛液がどっと溢れ出す。

心臓が早鐘のように脈打ち、ひどく呼吸が乱れていた。真冬の体内から指を引き抜いた有家が、唇に触れるだけのキスをして言った。

「――可愛かった」

「……っ」

自分だけが乱されたことにいたたまれなさをおぼえるものの、彼のしぐさが優しく、安堵がこみ上げる。

有家が自身のベルトを外し、スラックスの前をくつろげた。すると隆々と兆した昂りがあらわになり、真冬はじわりと頬を染める。

「あ、……」

先端が丸くくびれ、太さのある幹に血管を浮き上がらせた性器は、とても卑猥な形をしている。彼がこちらの腕を引いて起き上がらせながら言った。

「上に跨《また》がって、君が自分で挿れてくれ」

座った有家の腰を跨いだ真冬は、脚の間に触れたものの硬さに動揺する。

これまで自分で屹立を受け入れたことはなく、たった今目にしたものの大きさに怯《おび》えに似た気持ちをおぼえていた。それでも彼に応えたい一心で後ろ手に剛直をつかみ、蜜口にあてがう。

「ん……」

だが愛液のぬめりでぬるぬると滑り、なかなか狙いが定まらない。すると有家が自身をつかみ、サポートしてくれた。

「あっ……！」

丸い亀頭が蜜口に埋まり、太さのある幹に圧迫感を感じた真冬は目を見開く。

目の前の彼の首に手を掛けたものの、怖くてなかなか腰を下ろせない。だが身体を支えた手でやんわりと促され、少しずつ受け入れていくと、肉杭の熱さと硬さをまざまざと感じた。

「……っ……は……っ……んんっ……」

受け入れるのが一週間ぶりのせいか、それとも自分が上になる体勢のせいかはわからないが、剛直がいつもより大きく感じて真冬は喘ぐ。

内壁を擦りながら進んだものが根元まで埋まり、身体がじんわりと汗ばんでいた。内臓がせり上がるような強い圧迫感を逃がすため、浅い呼吸を繰り返す。体内でドクドクと息づくものを意識する真冬の胸のふくらみをつかみ、有家が先端に舌を這わせてきた。

「う……っ、んっ、……ぁ……っ」

熱くぬめる舌の感触に皮膚の下からむず痒《がゆ》い感覚が湧き起こり、声を我慢できない。

小ぶりな自分の胸が彼の大きな手にすくい上げられ、先端を音を立てて吸われている様は、真冬の官能をどうしようもなく煽った。桜色の先端は硬くしこり、唾液で濡れ光って色を濃くしている。

思わず体内にある楔を強く締めつけた瞬間、胸から唇を離した彼が真冬の腰をつかんでずんと深く突き上げてきた。

「んぁっ……！」

切っ先が信じられないほど深いところを抉り、眼裏《まなうら》に火花が散る。

そのまま両の尻をつかんだ有家が、何度も深い律動を送り込んできた。潤沢に蜜をたたえた隘路が根元まで彼を咥え込み、ビクビクと締めつける。密着した柔襞が擦られるたびに甘い愉悦を伝え、声を我慢することができなかった。

「はぁっ……ぁん……っ……ぅっ……あ……っ」

有家の肩にしがみつき、真冬は嬌声を上げる。

苦痛はなく、奥の奥まで満たされる快感があって、隘路が勝手に楔を締めつける。すると彼が体勢を変え、真冬の身体をベッドに横たえると、大きく脚を開かせて深く腰を入れてきた。

「……っ！」

根元まで勢いよく楔を埋められ、身体が揺れる。

両方の太ももを抱えながら小刻みに奥を突く動きに、真冬は啜り泣きのような声を漏らした。どんなふうにされても気持ちよく、中をぬるぬると濡らしてしまう。内襞が蠢きながら屹立を食い締め、より奥へと誘い込もうとしていた。

両方の胸のふくらみをつかまれ、ときおり先端を弄りながら律動を送り込まれて、内部が断続的に震える。するとこちらを見下ろしながら、有家が熱を孕んだ眼差しで言った。

「可愛いな、真冬。普段は清楚な顔をしてるのに、ベッドではこんなにいやらしくて」

「……っ」

「たった一週間抱かなかっただけで、こんなに飢餓感が募るなんてな。しかも明日からは出張だなんて、ほんとついてない」

明日から二晩彼が留守にするのを思い出し、真冬は寂しさを感じる。

自分がこんなふうに思うのは有家に対して恋愛感情があるからだが、彼は性的欲求の解消ができないから不満なのだろうか。そう考えるとやるせなさがこみ上げるものの、真冬はそれを有家に強く抱きつくことでやりすごす。

すると真冬の身体を抱き返した彼が、こちらの頭を自身の肩口に引き寄せて言った。

「だから、今夜は抱き貯《た》めてもいいか？」

「えっ……ぁっ！」

密着した腰で深く突き上げられ、真冬は高い嬌声を上げる。

大きな身体に覆い被さられ、ベッドが軋むほど激しい律動を送り込まれて、身も世もなく喘いだ。

根元まで挿れられたものの切っ先が容赦なく子宮口を抉り、圧迫感で息が止まりそうになる。

（あ、どうしよう、達っちゃう……っ）

シャツに包まれた有家の背中にしがみつくと、汗でじっとりと湿っているのがわかる。

彼の息遣いが荒く、欲情をたたえた獣のような目で見られて、真冬の胸がきゅうっとした。普段は涼やかで端整な顔をしているのに、わずかに髪を乱して額に汗をにじませている有家は男っぽく、そのギャップに心をつかまれる。

家柄と財力、容姿などすべてを持っている彼が自分だけを求めてくれているように思え、胸がいっぱいになった。そんな真冬の目を見つめ、彼が押し殺した声で告げる。

「……っ、出すぞ……っ」

「あ……っ！」

最奥でドクッと射精された真冬は、ほぼ同時に達する。

熱い飛沫が隘路を満たしていくのを感じ、眩暈《めまい》がするような愉悦を味わっていた。わななく内壁が楔をきつく締めつけ、最後の一滴まで搾り取る。有家の精液が自分の中にじんと染み渡っていく錯覚をおぼえ、どこまでも彼のものにされることに心が満たされていた。

やがて大きく息を吐いた有家が、抱きしめていた腕の力を緩める。そして荒い呼吸を繰り返す真冬の唇を塞いできた。

「んっ……」

互いに熱を持った舌をぬるぬると絡められ、真冬は涙目で彼を見つめる。

するとと有家がまだ埋めたままの肉杭を動かし、中で放たれた精液が重い水音を立てた。

「……っ……幸哉、さん……」

「言っただろ、抱き貯めてもいいかって。真冬の中も俺を締めつけて、離さないでいる」

「は……っ」

硬度を保ったままのもので内部を掻き回され、真冬の官能が再び呼び起こされていく。

両膝をシーツに押さえつけられると彼を受け入れている様子がはっきりと見え、かあっと頬が熱くなった。いっぱいに拡がった蜜口が剛直を根元まで咥え込んでいる様は、言葉では言い尽くせないほど淫らだ。接合部からは白濁した精液が溢れ、有家が動くたびにぐちゅぐちゅと淫らな音を立てている。

「ぁ……」

「そのままよく見てろ。君がどんなふうに俺を受け入れてるか」

何度も繰り返し昂ぶりを突き入れられ、真冬はゾクゾクした感覚が背すじを駆け上がっていくのを感じる。

何もかもさらけ出しているのが恥ずかしいのに、淫靡な光景から目をそらすことができない。彼の大きなものが自分の中を出入りし、根元まで深く埋められるたびに隘路がきゅうっと収縮して、いやらしい反応をしてしまう。

「はぁっ……あっ、ぅん……っ」

こんな淫らな抱き方をされて、自分は離婚後に有家を忘れられるのだろうか——と真冬は頭の隅で考える。

いくら子どもを作るためとはいえ、まるで本当の妻のように夜ごと濃密に愛されて、〝契約〟が終わった途端に他人に戻れるのか。

(でも、受け入れるしかない。最初からそういう約束で結婚してるんだもの)

あくまでも自分たちの関係はかりそめのものだと再確認し、真冬の胸が強く締めつけられる。

こうして熱烈に抱き合った事実は、いつか過去のものになるのだ。そして彼との間に授かった子どもを置いて、自分はあの家を出ていく。そう思うとたまらなくなり、真冬は有家の腕をつかんで訴えた。

「……っ、ぎゅって、してください……」

「——……」

身を屈めた彼が真冬の身体を片腕で強く抱きしめ、汗ばんだ額にキスをしてくる。

そのしぐさは優しく、愛情がにじんでいるかのように見え、真冬の心がわずかに慰められた。間近で目が合った瞬間、互いに引き寄せられるように顔を寄せてキスをする。どこもかしこも有家に埋め尽くされるのが気持ちよく、真冬が体内にいる彼を意図して強く締めつけると、有家が吐息交じりの声で言った。

「……っ、そんなに締めつけられたら、すぐに達く」

「達って……ください。幸哉さんの、奥に欲し……っ」

すると彼がかすかに顔を歪め、律動を激しくしてくる。

先ほど有家が中で放ったものと真冬の愛液が混ざり合い、接合部が粘度のある水音を立てていた。内壁を擦りながら何度も深いところを突かれ、切羽詰まった声が出る。じりじりと高められていく官能に息もできずに目の前の彼にしがみつくと、やがて有家がぐっと奥歯を噛み、最奥で熱を放った。

「あ……っ」

体内に注がれる欲情の証《あかし》を、真冬は声を上げて受け止める。

互いに汗だくで、激しく息を乱していた。立て続けの行為ですっかり疲労困憊してしまっていたものの、彼は明日の朝から出張に出掛けるため、ここには泊まらず自宅に戻らなくてはならない。

「こんなにすごいお部屋を取ったのに泊まらずに帰るなんて、何だかすごく勿体《もったい》ないですね」

一緒にシャワーを浴び、鏡の前で身支度をしながら真冬がそうつぶやくと、有家が濡れ髪をタオルで拭きつつ言う。

「ごめん、俺のスケジュールのせいで泊まれなくて。今度時間があるときにゆっくり来よう」

「それこそ勿体ないですよ。都内に立派なおうちがあるのに、わざわざお金をかけて泊まるなんて」

それを聞いた彼が眉を上げ、鏡越しにこちらを見つめて苦笑いして言う。

「確かにな。無駄遣いと言えば、そのとおりかも」

「す、すみません。せっかく幸哉さんが取ってくれたお部屋なのに、失礼な言い方をして」

うっかり本音を吐露してしまった真冬は、自分の失言に気づいて謝罪する。だが有家は、事も無げに答えた。

「いや、真冬のそういう考え方は悪くない。金は無尽蔵に湧いてくるものではないし、無駄遣いしないに越したことはないもんな。君のそういう堅実なところは、地に足がついていて好ましい」

好ましい——というのは、期間限定の妻としてだろうか。それとも、もっと別の意味で言っているのだろうか。

そんなふうに考える真冬の横で、有家が洗面台横の引き出しを開けてドライヤーを取り出す。そしてそれをこちらに差し出すと、意外なことを言った。

「髪、乾かしてくれるか？」

「えっ」

「ほら、早く」

ドライヤーを押しつけられた真冬は、渋々スイッチを入れる。

そして腕を伸ばして乾かそうとしたものの、身長差があってなかなか頭に届かず、彼に訴えた。

「あの、屈んでくれないと届きません」

「ん」

有家が前に頭を下げ、幾分手が届きやすくなったのを感じながら、真冬は彼の濡れ髪を乾かし始める。

触れた髪は漆黒で癖がなく、サラサラとして指通りがいい。髪の隙間から有家の高い鼻梁や整った顔立ちが垣間見《かいまみ》え、真冬は胸が高鳴るのを感じた。

(幸哉さん、お風呂上がりとか寝起きで髪を下ろしてると、普段よりだいぶ若く見えるんだよね。こんなに恰好いいんだから、学生時代はきっとすごくもてたんだろうな)

こうして髪を乾かす行為はひどく親密に思え、真冬は彼の意図を考える。

もし軽い気持ちでお願いしてきたのなら、有家は相当恋愛慣れしている男だ。こんなふうに甘えられて、恋愛経験が浅いこちらがドキドキしないわけがない。

(もしかして、わざとなのかな。わたしがどぎまぎするのを見て、密かに楽しんでるのかも。……でも)

こんなふうにさせてもらうのをうれしいと感じてしまう自分が、一番馬鹿だ。

そんなふうに考えつつ、真冬はドライヤーのスイッチを切って「できました」と告げる。すると有家が顔を上げ、こちらの肩越しに鏡を見つめながら、髪を軽く手櫛《てぐし》で整えて言った。

「ありがとう。たまにはいいな、こうして人にやってもらうのも。ちょっと首が疲れるけど」

「し、仕方ないじゃないですか。幸哉さんはわたしより、頭ひとつ分背が高いんですから」

「俺は真冬の背の高さが気に入ってるよ。小柄で女の子らしくて、抱きやすくていい」

さらりと甘い言葉を言われ、真冬は咄嗟に言い返そうとしたものの、すんでのところでそれをこらえる。そして目を伏せ、歯切れ悪く言った。

「あの……もう帰りませんか？　幸哉さん、明日の出張の準備をしなきゃいけないんですし」

「持っていくものは決まってるから、荷造りにはそう時間はかからないけど。それより真冬は、俺の前でもっと素を出していいと思うぞ」

「えっ？」

「無理しておとなしく振る舞ったりしなくていいって言ってるんだ。俺に対して何か言いたいことがあるときは、遠慮せずはっきり言ってくれ。元々対等な関係なんだから」

有家の言い方は、まるでこちらの本当の性格に気づいているように聞こえる。

おしとやかで物静かなのは見た目だけで、実は気が強くはっきりした性格であることは、真冬は普段表に出さないようにしていた。だが一緒にいる時間が長くなるにつれ、ときどき気が緩んでいるときがあって、それで彼に気づかれてしまったのかもしれない。

そんなふうに考えつつ、開き直って「そのとおりです」と言うのは気が引けて、真冬は取り澄まして答える。

「わたしはこれが素ですけど。でも、お気遣いありがとうございます」

すると有家がこちらを見つめ、小さく噴き出して言った。

「まだ演技を続けるつもりなのか。存外肝が太いというか、何というか」

「あの……」

やはり彼は、気づいている。そう確信した真冬は焦って口を開きかけたものの、それより早く有家がさらりと告げた。

「真冬が心を許してくれるように、俺がもっと頑張ればいいだけの話だな。——ほら、そろそろ帰ろう」

「…………はい」

第七章

翌日の朝、有家は二泊三日の予定で四国に旅立っていった。

屋敷の前で彼が運転する車を見送った真冬は、朝九時から杣谷に出勤する。そして昨夜のことを思い出し、じわりと頬を染めた。

(昨夜は何だか、普通の恋人同士みたいだったな。わざわざ抱き合うためにすごいホテルのキングスイートを取ってくれたし)

行為の内容も刺激的だったが、帰る直前に「髪を乾かしてくれ」と頼まれたときは、正直胸がきゅんとした。

最初はクールで冷ややかな印象だったのに、実際の有家は気さくで優しく、過去につきあった相手より格段に甘い。帰宅してからはさすがに抱き合いはしなかったが、彼は当然のように真冬と同じベッドで眠り、腕枕をして「おやすみ」とキスをしてくれた。

有家のそうした態度を目の当たりにするたび、真冬はまるで本当の妻として大切にされているかのような錯覚をおぼえる。どうせ期間限定なのだから〝今〟を楽しめばいいと考える反面、「有家を好きになりすぎたら、別れるときにつらくなる」という思いもあり、心が揺れていた。

（でもこうして幸哉さんと出張で離れるのは、いい機会かも。少し頭を冷やせるし）

そう考えた真冬は、店舗の個室に飾られた壷を拭きながら自身の気持ちを冷静に分析する。

彼に対して慕わしさをおぼえるのは、きっと今まで自分を庇護してくれる人がいなかったからだ。十八歳で児童養護施設を出たあと、短大に通いながらアルバイト生活を始めた真冬は、社会人になった段階で弟の一樹を引き取った。

それからずっとダブルワークで稼ぎ、貧しいながらも姉弟二人の暮らしを成り立たせてきたが、有家の経済援助のおかげでお金の不安がきれいに解消された。

奨学金の支払いがなくなり、毎月渡される手当のおかげで一樹の生活費も賄える上、自分が杣谷で働いてもらえる給与もある。これほどまでに金銭的な余裕ができたのは人生で初めてで、それをもたらしてくれた有家には言葉にできないほどの感謝を抱いている。

（それに……）

〝夫〟となった彼は、おおらかで優しい。

慣れない料亭での仕事に励む真冬を気遣い、休日にデートに連れ出したり好物の甘いものを差し入れてくれる。ベッドでは情熱的で自分本位なやり方はせず、いつもこちらの快楽を優先していた。

最初に契約結婚を持ちかけてきたときや婚約期間中の態度で「冷淡な人なのだ」と思っていただけに、一緒に暮らし始めてから知った顔とのギャップが大きい。

それに加え、有家は端整な容姿の持ち主だ。スーツが似合うスラリとした長身と怜悧さを感じる顔立ち、そして長い脚は人目を引き、老舗料亭の社長らしい落ち着きとクラス感がある。

つまり彼は男性としてのスペックが非常に高く、これまでそういうレベルの人間に免疫がなかったからこそ、真冬は心惹かれてしまったのかもしれない。

(でもあの人には、元々結婚願望がない。家業を継ぐ跡継ぎ欲しさに大枚をはたいて契約結婚を持ちかけるんだもん、よっぽど家庭を持つのが嫌なんだろうな)

そんな人物に恋をしても、「俺は君の気持ちに応えるつもりはない」と言われるのが関の山だ。

恋愛に免疫がなかったこともあってまんまと好きになってしまったものの、ここでブレーキをかけておかなければあとで絶対に泣きを見る。ならば自分の中の想いに蓋をし、これ以上深入りしないようにするべきだと真冬は考えた。

(そうだよ。あの人がゲームでわたしを落とそうとしている可能性も、まだ捨てきれない。だって荒唐無稽なことを考える人なんだから)

そうは思いつつも、有家の顔を見ると演技をしているようには見えず、真冬は悶々《もんもん》とする。

だがどんなに優しくても、真冬に「好きだ」とは言ってくれないのが彼の答えなのだ。有家の中では自分たちの関係はあくまでも〝契約〟で、甘い態度も親密なしぐさもそれを盛り上げるためのエッセンスにすぎないのだろう。

そんなふうに結論づけ、真冬は仕事に集中する。杣谷におけるポジションは〝若女将〟であり、いずれ接客の顔となることを求められていて、真冬はさまざまな仕事を教えられている最中だ。

来店した客の出迎えと個室への案内、料理の説明が主で、配膳と会計業務、部屋の片づけは他の仲居たちが受け持っている。だが朝のうちにそれぞれの部屋に飾る花を生けたり、客に個別に挨拶するところが仲居とは違うところで、着物も制服として支給されている臙脂《えんじ》色のものではなく、季節を意識した高価なものを身に着けていた。

高級料亭ともなればトップクラスのおもてなしを提供するのが当たり前で、客に不快な思いをさせないよう、所作や言葉遣いには気をつけなければならない。そのため、仕事中は常に気を張り詰めていなければならず、一日が終わるとどっと疲れを感じた。

午後六時に退勤した真冬は隣接する母屋に戻り、着物を脱いでから家政婦が用意してくれた夕食を取る。入浴や雑事を済ませて午後十一時にベッドに入り、ひんやりとしたシーツを足先に感じながら、ふと「結婚してからこの部屋で一人で寝るのは初めてだな」と考えた。

(幸哉さんはどんなに帰宅が遅くても、いつも必ずわたしと同じベッドで寝てる。だからかな、一人だとこんなに広く感じるのは)

今頃彼は、出張先で何をしているのだろう。

そんなふうに考えているうちに深く眠り込んでしまい、真冬は朝の六時にスマートフォンのアラームで目を覚ます。寝ぼけ眼《まなこ》でシャワーを浴び、何とか身支度を終えて階下に下りると、いつも花生けをする和室へと向かった。

するとそこには既に早智がいて、真冬は彼女に挨拶する。

「おはようございます、お義母さま」

「おはよう、真冬さん」

花を生けているときはいつも義母の視線を意識し、ひどく緊張してしまう。

彼女は老舗料亭の女将というにふさわしく、いつもピシッとして一分《いちぶ》の乱れもない人だ。顔立ちは息子である有家にあまり似ておらず、五十代半ばという年齢を感じさせないほどに美しい。

店で接客するときはとてもにこやかで、上客の顔と名前を完璧に覚えており、真冬はつくづく「すごい人だな」と感じる。

(お義母さんはわたしがいずれ幸哉さんと離婚するつもりでいることを知らないから、若女将としての仕事をすごく丁寧に教えてくれてる。……何だか申し訳ないな)

そんなことを考えながら竜胆《りんどう》を使って器に生けると、早智が出来上がったものを眺め、口を開いた。

「器との取り合わせがいいですね。花材は一種だけどしっとりした佇まいで、秋らしい寂《わ》びを感じさせる、いい生け方だと思いますよ」

「ありがとうございます」

「そういえば真冬さん、昨日の茶懐石の接客をしたでしょう」

ふいにそう切り出され、真冬はドキリとしながら「はい」と答える。

昨日は週に一度、水曜日の昼間限定で行われる茶懐石の接客をしたが、何か粗相をしたのだろうか。そう思いつつ早智を見ると、彼女が言葉を続けた。

「実は出口でお見送りした私に、ご年配のお客さまの一人が『接客してくれたきれいな着物姿の店員さんが、とても感じがよかったわ』っておっしゃってくださったの。その方は少し足が不自由でいらして、茶懐石の終了後に席から立つのに手間取ってしまったそうなのだけれど、あなたがにこやかに手を差し伸べて玄関までお連れしたと聞いたわ」

確かに昨日は茶懐石のあと、七十代とおぼしき女性客の手を引いて玄関までエスコートした記憶がある。早智が背すじを伸ばした姿勢で言った。

「そのお客さまだけではなく、いつも来てくださる常連の方々にもあなたは評判がいいわ。不慣れなところも見えるけれど、真面目に頑張っているのが伝わってくるって」

「そ、そうですか」

「〝一期一会を大切に〟が、杣谷のおもてなしのモットーです。華道や礼儀作法が付け焼刃の状態の真冬さんは有家家《うち》にはそぐわないのではないかと思っていたけれど、コツコツと頑張ってきたことが少しずつ実り始めていますね。これからも期待していますよ」

笑顔はなく口調も事務的ではあるものの、彼女が褒めてくれたのだとわかり、真冬は小さく答える。

「……ありがとうございます」

和室を出て朝食を取るために座敷に向かう真冬は、どこか夢見心地だった。

ここ最近、早智の態度から少しずつ棘《とげ》がなくなってきたのは感じていたが、こうして面と向かって努力を褒められると気分が高揚する。

(最初は敷居の高さを感じていたけど、「せっかく働くんだから」って思って頑張ってきてよかった。ちゃんと見ていてくれたんだ)

金銭援助と引き換えに嫁入りしてきた有家家は、真冬にとって居心地のいい場所ではなかった。だが厳しかった早智の態度が軟化したことで、寄る辺のない気持ちがほんの少し薄らいだ気がする。

その日はアルバイトの仲居が風邪で急遽休んだため、真冬が配膳の手伝いに入った。ランチメニューは升目《ますめ》に区切られたお膳に九種類の料理が盛りつけられた〝秋の彩り御膳〟と、より値段の高い二種類の懐石コースを用意しており、内容はそれぞれ異なる。

間違えないようにときどきメモを見つつ小鉢を膳に並べ、大きな木製のお盆を水平に保つように意識しながら個室に料理を運んでいると、廊下で行き合った石本が棘のある口調で言った。

「そうやって廊下をモタモタ歩かれたら、私たちが行き来するとき邪魔なんですよね。もう少してきぱき動けません？」

ことさらモタモタしているつもりはなかったが、ベテランの彼女にそう言われると反論できない。真冬はお盆を手に持ったまま、石本に謝罪した。

「すみません」

「こういう忙しい時間帯に、のこのこお店に出てこないでほしいんです。洗い場で食器でも洗っていただけませんか」

彼女の言い方は、まるで「役立たずは引っ込んでろ」と言わんばかりで、若女将に向ける言葉としては辛辣《しんらつ》だ。

思わず言い返しそうになった真冬だったが、廊下は客も行き来するオープンな場所であり、争うべきではない。そう判断し、目を伏せて「わかりました」と答えた真冬は、手にした料理を個室に届けたあと、着物の袖をたすき掛けして洗い場に入る。そして洗い物を始めつつ、漏れそうになるため息を押し殺した。

（石本さんの態度、何とかならないのかな。いい加減チクチクやられるのにはうんざりなんだけど）

石本の態度は明らかに度を超えており、これまで言い返したいと思った瞬間が何度もあった。だが彼女のほうが社歴が長いこと、真冬が料亭の仕事に関して素人であること、そして職場で波風を立てたくないという思いからそれをぐっと抑えている。

先ほどの件もそうだ。ことさら廊下でモタモタしたおぼえはないのに、言いがかりのような文句をつけられて、こうして洗い場に回されている。

（でも、洗い場の仕事も誰かがやらなきゃいけないんだから仕方ないか。さっさと片づけよう）

シンクに溜めた水で食器を予洗いし、食器洗い洗浄機に並べていく。

先に洗い上がったものを汚れが残っていないか確認しつつプラケースに移し、重いそれを板場まで運んで棚にきれいに陳列した。少し汗ばみながら仕事をするうち、ふいに板場に現れた早智がこちらを見て言う。

「真冬さん、ここで何をしているの。あなたには配膳を手伝うようにお願いしたはずでしょう」

「あの……」

「若女将の本分は接客で、お客さまをお出迎えしてご案内するのが一番重要な仕事です。これは依怙《えこ》贔屓《ひいき》ではなく、いずれ女将になる者としての品格の問題ですよ。そんなに高価な着物を着て食器を洗って、もし汚しでもしたらどうするの」

そのとき早智の背後に食器を下げにきた石本がやって来て、こちらを険しい目つきで見つめた。

洗い場で仕事をするように指示したのは彼女であり、義母にそれを正直に告げてもよかったが、真冬は袖を結んでいたたすきを解いて謝罪する。

「申し訳ありませんでした」

「持ち場に戻ってちょうだい。佐々木《ささき》さん、洗い場を代わってもらえるかしら」

早智に呼ばれたアルバイトの佐々木が「はい」と言って頷き、真冬は配膳に戻る。

それから一時間ほどして昼休憩に入り、裏口横にあるベンチに座ってため息をついた。他の仲居や料理人の目があるところで告げ口のようなことをするのが気が引けて、あえて義母に石本の指示だと話さなかったものの、憂鬱な気持ちが募る。

(これからは石本さんに何か指示されたら、まずはお義母さんに聞くようにしなきゃ。さっきの目つきだとまた同じようなことをされるかもしれないし、気が重いな)

そのとき帯の中に挟んでいたスマートフォンが電子音を立て、真冬は取り出してディスプレイを確認する。すると思いがけない人物からメッセージがきていて、目を瞠った。

(涼《りょう》くん、日本に戻ってきたんだ。「明日会えないか」って書いてあるけど……)

真冬は週に二回休日があるシフトで、明日はたまたま休みだ。その旨をメッセージで送ると、待ち合わせの場所と時間を指定される。

かくして翌日の午後十二時半、真冬は青山《あおやま》にいた。指定されたカフェに着いたのは約束の五分前だったが、そこには既にスーツ姿の男性がいる。

「涼くん、ごめんね。待った？」

真冬が声をかけると、二十代後半の彼がこちらを見て答える。

「いや。ついさっき来たところ」

「いきなりメッセージがくるから、びっくりしちゃった。いつ日本に帰ってきたの？」

「昨日だ」

オーダーを取りにやって来たスタッフに、真冬はアイスティーを頼む。

彼女が去っていったタイミングで、彼――早瀬《はやせ》涼がこちらの左手に光る結婚指輪を見つめ、どこか険しい表情で口を開いた。

「お前、いきなり結婚したなんてどういうことか説明しろよ。その話を聞かされたときこっちは駐在先のアメリカで、はっきり言って寝耳に水だったんだぞ」

「えっと……」

会えばこうして問い詰められるのがわかっていた真冬は、しどろもどろに答える。

「メールで言ったとおりだよ。喫茶店のお客さんから交際を申し込まれて、それでトントン拍子に話が進んで……それで」

「でも真冬、それまで男の話なんて一切してなかったよな？　最低でも月に一回はメールのやり取りをしてたのに、仕事や一樹の話題しか出なかったのはおかしくないか」

早瀬がこんなふうに追及してくるのは、彼が真冬の幼馴染だからだ。

かつて母が生きていた頃、真冬は豊島区の団地に住んでいて、早瀬家とは何年も隣同士だった。三歳年上の彼は真冬と一樹にとって兄のような存在で、母が亡くなって児童養護施設で暮らすことになったあとも交流が続き、それは社会人になっても同様だ。

早瀬は大学卒業後に建材メーカーに就職し、二年前から営業マンとしてアメリカのボストン支社に赴任している。距離的に滅多に会えない関係になったものの、それ以降は気が向いたときにメールで互いの近況を報告する日々だった。

(でも……)

いくら兄のような存在とはいえ、真冬は彼に有家と契約結婚することを伝えられずにいた。

多額の金銭援助と引き換えに子どもを生み、数年後に離婚する予定でいるなど、世間から後ろ指をさされるものだということは自分でもよくわかっている。

(こんな話をしたら、涼くんは絶対怒るはず。だったらなるべく、説明するのを先延ばしにしたほうがいい)

とはいえ結婚という重大な話をいつまでも黙っているのは不自然で、真冬はやむを得ずメールで「実は結婚することになった」「出会って半年になる相手で、老舗料亭の社長をしている」と報告した。

すると早瀬が突然の話を訝《いぶか》しみ、「一体どういうことだ」と返信してきたものの、「日本に帰国したとき、直接会って話すから」と伝え、今に至る。

（どうしよう、ここに来るまでどう説明するかさんざんシミュレーションしてきたけど、全然駄目だ。目の前の涼くんの圧が強すぎる）

彼の強い視線を感じながら、真冬はテーブルの上で組んだ両手の指を動かし、気まずく視線をさまよわせる。

元々嘘をつくのは得意ではない上、早瀬が不審に思うのはもっともだ。目まぐるしく考える真冬を見つめ、彼がテーブルに身を乗り出して口を開いた。

「なあ、俺はお前がどういう人間か昔からよくわかってるつもりだ。おばさんが亡くなったあと、児童養護施設で育って苦労したことや、十八歳でそこを出て以降はアルバイトをしながら短大に通って、ギリギリの切り詰めた生活をしてたのも知ってる。社会人になってからはまだ学生だった一樹を自分のアパートに引き取って、ダブルワークをして必死に生活費を稼いでたよな。そんな真冬に男とつきあう暇がないのは当然だし、一樹も『お姉ちゃんにはまったくそんな気配がなかったから、いきなり結婚するって聞いて驚いた』って言ってた」

「…………」

「堅実な性格のお前が、交際期間が短い相手と突然結婚したことに、俺は違和感をおぼえてる。何より今まで一度も相手の話が出てこなかったのが、不思議でしょうがないんだ。なあ、何か事情があるなら正直に話せ。もしかしてその男に脅されでもしてるのか？」

どうやら早瀬は、真冬が有家に何か弱味を握られて結婚したのだと考えているらしい。

彼の眼差しは真剣で、その表情からはこちらを心から心配していることが伝わってきて、真冬の胸が強く締めつけられた。両親を早くに亡くした自分たち姉弟を心配し、早瀬は本当の兄のように関わり続けてくれていた。そんな彼に嘘をついているのが苦しくなり、真冬はテーブルの上で手を握り合わせる。そして目を伏せて口を開いた。

「脅されたりは……してない。わたしと幸哉さんは、対等だから」

「…………」

「実はわたしたち、ある〝契約〟をしてるの。それを達成すればわたしは彼と離婚して、新たな生活をスタートできることになってる」

するとと彼が眉をひそめ、問いかけてきた。

「契約って何だ。しかも達成とか、離婚するって」

「それは……」

真冬は喫茶店で働いていたときに有家から声をかけられたこと、老舗料亭の社長である彼は周囲から縁談を持ち込まれるのを煩わしく思っていたこと、結婚願望はまったくないものの家業を継ぐ跡継ぎを欲しがっていたことを説明した。

「幸哉さんに縁談を持ちかけてくるのは、親戚関係だけではなく料亭の顧客の政財界の人たちも多かったらしくて、もしそのうちのどこかを選べば他と角が立つ状態だったそうなの。だから彼は、『家柄も身寄りもない女性と数年間契約結婚をして、子どもを生んでもらうのはどうか』って考えたみたい」

たまたま通い始めた喫茶店で働いていた真冬の素性を調査してみたところ、有家が求める条件に合致した。

持病のある弟を抱えて生活に苦労している真冬なら、多額の金銭援助を餌《えさ》にすれば自分の提示する条件を受けてくれるかもしれない——そう考えて接触してきたのだと説明すると、早瀬が驚きの表情で言った。

「それって真冬が金で買われたってことか？　子どもを生んだら、その男のところに残して離婚するって？」

「うん。条件はわたしたち姉弟が借りている奨学金を全額支払うこと、生活費の名目で月々潤沢な手当を支給すること、離婚時には財産分与の他に謝礼金も加算するってことだった。実際にわたしの奨学金は既に精算されたし、毎月の手当で一樹の生活費も賄えてる」

それを聞いた彼がこちらをまじまじ見つめ、信じられないという表情でつぶやいた。

「金のために結婚するなんて、お前は一体何を考えてるんだ。浅はかにも程がある」

「…………」

「しかも子どもを生んだあとは、離婚するつもりなのか？」

「一人目で男の子が生まれれば御の字だけど、もし女の子ならもう一人作る予定。出産して一年後を目途に離婚するつもりで、息子の傍にもう少しいたいなら数年結婚生活を続けてもいいって言われてる」

するとと早瀬がみるみる険しい顔になり、低い声音で唸るように言った。

「——真冬、その男を今すぐここに呼べ」

「えっ」

「お前を子どもを生むための道具扱いするなんて、本当にふざけてる。金さえ払えば、何をしてもいいと思ってるのか？　しかも『家柄も身寄りもない』とか、どこまでお前を下に見れば気が済むんだ」

彼が本気で怒っているのがわかり、真冬は慌てて説明する。

「幸哉さんは今出張中で、四国にいるの。すぐには呼べないから、ちょっと落ち着いて」

「でも——」

「それにわたし、自分が被害者だなんて思ってない。あの人とは対等で、お互いに欲しいものを手に入れるためのギブアンドテイクの関係だから」

世間から見た自分たちの関係は、やはり後ろ指をさされるものなのだ。そう痛感しながら、真冬は言葉を続ける。

「幸哉さんとの結婚は、かなり悩んだ末に決断したの。病弱な一樹と暮らしながらあの子を大学に通わせて、生活して奨学金を払って――どうにか成り立たせていたけど、もし自分が倒れたらすぐに崩れてしまう危うい均衡なんだって思うと、いつも追い詰められた気持ちでいっぱいだった。でも幸哉さんの提示した条件をのめば、お金の心配をしなくてよくなる。これってすごいことだよ」

「一樹には言ってないのか、その男と結婚した理由を」

ふいに早瀬がそう問いかけてきて、真冬は答える。

「言えるわけないよ。言えばあの子は、きっと『自分のせいで』って考えちゃうし」

「だろうな。つまりあいつに顔向けできないようなことをしてる自覚が、お前にはあるってことだ」

辛辣な彼の言葉に、真冬はぐっと唇を引き結ぶ。

おそらく金と引き換えに子どもを生もうとしている自分は、早瀬の目に浅ましく見えているのかもしれない。そう思いつつも反発心がこみ上げ、真冬は押し殺した声で言った。

「涼くんには……わたしの気持ちはわからないよ。両親が揃ってる家庭に育って、自分で働いて得た給与で難なく独り暮らしができて、貯金だってできてる。『もし自分が倒れたら、いろんな支払いが滞って生活ができなくなる』っていう不安がないんだから」

「それは……そうだけど」

彼は虚を衝《つ》かれたように言葉に詰まり、難しい顔で黙り込む。

互いの間に行き詰まるような沈黙が横たわり、やがて早瀬が複雑な表情で口を開いた。

「昔から俺が心配するたび、真冬はいつも笑顔で『大丈夫』って答えて、決して弱音を吐かなかった。だから施設を出たあとも、裕福ではなくともどうにか生活できてるんだろうと考えてた」

「………」

「でも実際は、そうじゃなかったってことだよな。これだけつきあいが長いのにそういった実状を話してくれなかったなんて、正直ショックだよ。そんなに生活がきつかったのなら、俺を頼ればよかったんだ。そうしたら絶対助けたのに」

彼の声音には深い悔恨がにじんでいて、真冬はいたたまれなさをおぼえる。

確かに唯一の保護者だった母親を亡くし、弟と二人で児童養護施設に身を寄せなければならなかった真冬にとって、兄のようなスタンスで心配し続けてくれた早瀬の存在は大きな支えになった。

それなのに自分の行動が彼を失望させてしまったのだと思うと、申し訳なさがこみ上げる。真冬は早瀬に向き直り、テーブル越しに頭を下げた。

「ごめんなさい。今まで涼くんはわたしと一樹のことをすごく心配してくれていたのに、大事な話を相談しなかったのは間違ってたと思う。でもそれは涼くんを軽んじてたとかじゃなくて、気にかけてくれるだけでも充分支えになってたから、今以上の負担になりたくなかったの」

「………」

「それに涼くんはわたしの親戚でも恋人でもないただの幼馴染なんだから、やっぱり線を引くべきだって思ってた。そういう境界線を越えてしまったら、涼くんの彼女とかにも迷惑だと思うし」

するとと彼は深く息をつき、「今はそんな相手、いねぇよ」とボソリとつぶやく。

真冬は顔を上げ、早瀬を見つめた。

「そうなの？」

「ああ。それよりお前、今の暮らしはどうなんだ。まさかその結婚相手から、ひどい扱いをされてるんじゃないだろうな」

早瀬があらぬ誤解をしているのに気づき、真冬は慌てて答えた。

「そんなことない。結婚する前まではクールで取っつきにくい人だなって思ってたけど、幸哉さんとは最近いい関係を築けてるの。向こうは名家でいろいろ大変なこともあるけど、わたしなりに一生懸命頑張ってるから、見守ってくれるとうれしい」

すると彼が眉をひそめ、じっとこちらを見つめてくる。

その眼差しの強さに戸惑い、真冬が無言で視線を返すと、早瀬が思いがけないことを告げた。

「――悪いが、俺はお前の話にまだ納得してない。その相手のことをよく知らないっていうのもあるけど、札束をちらつかせて女に子どもを生ませようなんて、そのやり方に反吐《へど》が出る」

「それは……」

「なあ、もし俺がその男が今まで真冬に使った金を弁済すれば、すぐに離婚することを考えてくれるか？」

真冬は「えっ」と声を上げ、戸惑いつつ言った。

「何言ってるの？　幸哉さんがこれまでわたしのために使ったお金は、かなりの額だよ。数百万あった奨学金に加え、結婚式の費用や月々に渡してくれる手当を含めると恐ろしい金額だし、それは全部わたしが彼の子どもを生むのを前提に支払われたものなの。履行しなければ、詐欺だと言われかねない」

「でも、それを全部返済したらチャラになるわけだろ。元より恋愛感情で結婚したわけじゃないんだから」

「そ、それはそうだけど……」

彼がそこで腕時計を確認し、話を中断して立ち上がる。

「悪い、昼休みがもう終わりだ。午後から会議があって会社に戻らなきゃいけないから、今日はここまでにしよう」

「あの……」

「また連絡する」

＊＊＊

杣谷の新規取引先の開拓と折衝は社長の有家が担当しており、商談のため毎月どこかしらに出張している。

今回は四国で、真鯛を始めとした特産品の仕入れ業者と複数面談し、有意義な時間を過ごした。

二泊三日の日程を終えた有家は、金曜の午後一時過ぎの飛行機に乗り、一時間少々かけて羽田《はねだ》に降り立つ。

そしてそこから自分で車を運転し、午後三時半に杣谷に戻った。事務所に入ると事務員と営業部長の江本がいて、「お疲れさまです」と声をかけてくる。

「お早いお帰りだったんですね。夕方になるかと思っていました」

「一時過ぎの飛行機で戻ってきたんだ。俺の留守中、何か変わりはなかったか」

事務員からは取引先からかかってきた電話について、そして江本からは予約状況と来店した客に関する報告を受けた有家は、店の板場に向かう。

そして休憩中だった料理長の長尾を見つけ、今回の商談でまとめてきた食材の仕入れについて長く話し込んだ。

「宇和海の桜鯛と、四万十川《しまんとがわ》のゴリですか。腕の振るい甲斐がありますね」

「時季はまだ先ですが、初物が獲れたら真っ先に送ってもらう手筈を調えているので、よろしくお願いします」

「わかりました」

それから次の催事で出す新しい弁当の内容について二、三の確認をし、事務所に戻る。

このあとは不在のあいだに溜まっていた事務仕事やメール返信をし、自宅に帰ろうと考えていた。するとデスクの上に無記名の白い封筒が一通置かれていて、内心首を傾げる。

（さっきまではなかったはずだが、一体何だろう）

事務員に聞こうとしたものの、彼女は取引先と請求書に関することで電話中で、しばらく話が終わりそうにない。

ワークチェアに座った有家は、封筒を開けて中身を確かめた。すると中には数枚の写真と便箋が一枚入っており、目を瞠る。

（これは……）

――それは、カフェらしい店内で見知らぬ男と一緒にいる真冬の写真だった。

スーツ姿の男が座るテーブルに笑顔で歩み寄る姿や、向かい合って話している姿、男がテーブルに身を乗り出して何やら真剣な表情で話す写真が三枚入っている。

それを見た有家は、眉をひそめて考えた。

(これは一体誰だろう。結婚前に真冬の身辺調査をしたとき、「男の影は一切ない」と興信所の人間が言ってたはずだけど……)

男は二十七、八歳くらいに見え、整った顔立ちをしている。

髪は清潔感のある長さでスーツがよく似合い、いかにも仕事ができそうなサラリーマンという雰囲気の持ち主だ。対する真冬の表情はリラックスしていて、それを見ているうちに有家の中にじわじわと苛立ちがこみ上げた。

おそらくこれは、嫉妬の感情だ。自分の知らないあいだに彼女が他の男と会っていたと思うだけで、ザラリとした不快な気持ちがこみ上げる。

しかも同封されていた便箋には、ワープロの文字で「奥さまの行動に気をつけられたほうがいいと思います」とだけ書かれていて、誰かが真冬の行動を監視して密告してきたのだとわかる。

有家は便箋の無機質な文字を見つめ、考えた。

(落ち着け。誰がこの封筒を置いたのかは知らないが、たぶんこの事務所に入って俺のデスクに近づいても不自然ではない人間だ。ならば杣谷で働く従業員たちのうちの、誰かということになる)

わざわざ休日の真冬をつけ回し、写真を撮って有家にそれを知らせたのは、義憤《ぎふん》にかられたからだろうか。それとも彼女に対して恨みがあり、こちらの夫婦仲を壊そうと企んでのことだろうか。

どちらにせよ自分は冷静になるべきだと考え、有家は意図して息を吐く。そして目の前の写真を、改めて観察した。

二人の表情から読み取れるのは、親密さだ。気心が知れた者同士独特の雰囲気が彼らにはあり、昨日今日知り合ったものではないと感じた。思えばこのあいだの休日も真冬は朝から一人で出掛けており、「一樹のところには行かず、一人で映画を観ていた」と説明していた。

（もしかしてあのときも、この男と会っていたのかな。二人きりで）

こうして他の男と一緒にいる姿を見ると、自分がどれだけ彼女に独占欲を抱いているかがわかる。

恋愛感情がないまま互いの利益のために結婚した真冬を、有家はいつしか一人の女性として意識していた。最初は金銭的に困窮している彼女なら条件次第で自分の子どもを割りきって生んでくれるのではないかと考え、身勝手な契約を持ちかけた。

艶やかな黒髪と清楚に整った顔立ち、物静かな雰囲気を気に入り、「家業に上手く馴染んでくれるだろう」という打算があったが、実際の真冬はときどきツンとしたり、甘いものに目がないなど豊かな感情を見せ、そうした素の部分にじわじわと興味が湧いた。

身体の相性がいいのも魅力的で、「期限つきではなく、この先もずっと彼女と夫婦でいられたら」という思いを抱くようになったのは、ごく最近のことだ。

一ヵ月ほど前から真冬が〝理想的な若妻〟を演じているのに気づいていた有家は、「無理しておとなしく振る舞わなくていい」「何か言いたいことがあるときは、遠慮せずにはっきり言ってほしい」と告げたが、彼女は戸惑ったように瞳を揺らしていた。

（真冬にとっては俺との結婚はあくまでも〝契約〟で、だからこそあまり素を出さなくなったのかな。本当はこの写真の男のことが好きで、契約を履行して金を手に入れるために無理して自分を押し殺しているのだとしたら――）

もし他に好きな相手がいるのなら、こちらが持ちかけた契約は真冬を苦しませるものでしかない。金と引き換えに好きでもない男の子どもを生むのは、普通に考えて耐え難いことであるはずだ。それでも承諾したのは、苦しい生活から抜け出すための手段として割りきったのかもしれず、有家はかすかに顔を歪める。

こうしてあれこれ邪推するくらいなら、彼女に直接確かめたほうが早いだろう。確か今日の真冬は仕事が休みで、何もなければ母屋にいるに違いない。だがこの封筒をデスクに置いた人物のことがふと気にかかり、有家は裏表を確認しつつ考えた。

（少なくともこれを置いた人間は、真冬に対してマイナスの感情を抱いてるってことだよな。偶然外で見かけて写真を撮ったのかもしれないが、このテーブルに歩み寄る姿はしばらく前からカメラを構えてないと撮れないはずだし、ずっと後をつけていた可能性が高い）

わざわざ有家に伝えたのは真冬を糾弾したいからであり、自分たちの夫婦仲を拗《こじ》れさせたい意図が透けて見える。

熟考の末、しばらくは様子を見ようと有家は結論づけた。真冬の態度を観察し、他の男と連絡を取り合っている様子がないかを確かめる。それと同時に、この封筒を置いた人物が再び何らかの行動を起こすのを待とうと考えた。

(俺たちの仲に亀裂が入った様子が見られなければ、この封筒を置いた人間はやきもきするはずだ。焦らずじっくりと待てばいい)

そのときちょうど事務員が電話を終えて受話器を置くのが見え、有家は彼女に声をかける。

「村上《むらかみ》さん、この三十分ほどのあいだに事務所に入ってきたのは誰かわかるか?」

すると村上が眉を上げ、不思議そうな顔をして答えた。

「夜のシフトの仲居さんたちが、タイムカードを押すために来ましたけど……どうかされました?」

「…………。いや」

複数人が出勤記録のために事務所に入ってきたのなら、誰が封筒を置いたかを特定するのは難しい。

有家は「そうか。ありがとう」と彼女に告げ、パソコンを立ち上げてメールの返信に取りかかった。書類の決裁をしたり公認会計士とオンラインで打ち合わせなどをこなし、午後六時に退勤する。

隣接する母屋に向かうと、家政婦の前田が出迎えてくれた。しばらくして真冬が姿を現し、有家に向かって言う。

「幸哉さん、おかえりなさい。出張お疲れさまでした」

「ああ」

今日の彼女は和服姿ではなく、シフォンの白いボウタイブラウスに紺のドット柄のロングスカートという服装で、それを見た有家は思わず目を瞠る。

（真冬の恰好は、さっきの写真と同じだ。ということは、あれは今日撮られたものだってことか？）

つまり真冬は、今日の日中にあのスーツの男と会っていた。

そんな結論に達し、不快感をおぼえた有家は、顔をこわばらせて玄関に立ち尽くす。すると彼女が、戸惑った様子で問いかけてきた。

「幸哉さん、どうしました？」

「……いや。君はもう、夕飯を済ませたのか」

「まだです。今、前田さんが用意してくださっていて」

「じゃあ一緒に食べよう」

どうにか表情を取り繕い、家に上がった有家は、真冬と夕食を共にする。

何食わぬ顔で出張先での出来事を話しながら、向かいに座る彼女を観察した。今日の真冬は和服姿ではないせいか、ほっそりとした体形が際立っており、すんなりとした首や艶やかな黒髪、猫を思わせる整った容貌が目を引く。

（……可愛いよな）

真冬が持つ上品さや清楚さは、おそらく生来のものだ。

喫茶店で働いているときも、彼女はそこにいるだけで自然と衆目を集めていた。それは掃き溜めに鶴という表現がぴったりで、真冬を女性として魅力的に感じる男はこれまで数多くいたはずだ。

しかし興信所の調査では異性の影は一切なく、ダブルワークで精一杯でそんな余裕がなかったのだと思っていた。しかし今日一緒にいた男とは親密な雰囲気で、有家は「一体いつ知り合ったのだろう」と考える。

（休日に、一人で出掛けていたときか？　ほとんどは一樹くんのアパートに行っていたと聞いていたが、もしそれが嘘だったとしたら――）

ビールを一口飲んだ有家はグラスを置き、努めていつもどおりの口調で問いかける。

「真冬は今日、休みだったんだろう。何をしてたんだ？」

「午前中に青山の美容室に行ったあと、午後はお花のお稽古でした。帰ってきたのは夕方の四時半くらいです」

男と会っていた事実を隠され、有家の手がピクリと震える。

残念なことに、これで真冬への疑いは決定的になってしまった。男と会っていたのが疚《やま》しくなければその事実を伏せる理由がなく、正直に話すはずだからだ。

(でも——)

自分たちの結婚はあくまでも〝契約〟であり、恋愛というプロセスを経たわけではない。

つまり嫉妬する権利が最初からないのを痛感し、有家は忸怩たる思いを噛みしめる。食事が終わったあと、有家は自室に戻ってパソコンを立ち上げ、しばらく前から取り組んでいる販路拡大に関する課題を精査した。

杣谷には創業一〇〇年超の老舗料亭というブランド力があるが、料亭を接待で使う企業が減少しつつある今、現状維持するだけでは生き残っていくのは難しい。そのため、百貨店での弁当販売や限られた上客へのケータリング事業などを始めているが、ここ最近はネット販売を検討していた。

(料亭らしい高級感のある料理を通販できれば、地方のユーザーにも大きく販路を広げられる。だがそのためには、信頼できる工場の選定やECシステムの構築など、課題が山積みだな)

商品は杣谷の味を完璧に再現しなければならず、食材のコスト計算も詳細に詰めなければならない。ならば事業計画をある程度まとめたあとは、専門のコンサルタントに協力を仰ぐべきだろうか。

そんなことを考えながらパソコンに向かい続けた有家は、午後十一時半に作業を切り上げ、風呂に向かう。

濡れ髪を拭きながら寝室に入ったのは、深夜零時を回っていた。真冬は既に就寝しており、ベッドの中で寝息を立てている。

「――……」

寝室内にはセミダブルのベッドが二つあるものの、これまでは必ず同じベッドで寝ていた。

それは〝子作りをするため〟というのももちろんあるが、彼女が体調の都合で行為ができないときも抱き寄せて眠っていたのは、有家の中に明確な好意があったからだ。本当は今すぐ目の前の身体を暴き、他の男の痕跡がないかを確かめたい。

（……でも）

今真冬に触れれば、嫉妬の感情でひどい抱き方をしてしまう気がする。

たとえ疑惑に確信があるとしても、彼女の身体を傷つけるのは本意ではなく、有家は真冬を見つめてかすかに顔を歪めた。

（俺はこれからどうするべきなんだろう。契約結婚を解消して、真冬を自由にしてやるべきか？

それとも自分の気持ちを率直に伝え、俺と夫婦の関係を続けてほしいと告げるべきか）

もしくは素知らぬふりをして子作りを継続し、彼女を妊娠出産で繋ぎ留めるべきか。

考えたものの答えは出ず、有家は重いため息をついた。そして真冬から視線をそらし、隣のベッドに入ると、背を向けて横たわる。

出張帰りで疲れているはずなのに、まったく眠気が訪れなかった。脳裏には繰り返しあの写真がよみがえり、時間の経過と共に重苦しい気持ちが増している。

ベッドサイドに置かれた時計が、規則正しい秒針の音を立てていた。それを聞きながら、有家はベッドに横たわったままずっと薄暗い虚空を見つめ続けていた。

第八章

杣谷は基本的には年中無休で、土日は必ず営業している。

土曜日の朝、自宅の二階にある衣裳部屋に入った真冬は、今日着る予定の着物を選んでいた。若女将は他の仲居とは違い、毎日私物の着物を身に着けていて、それは季節感を感じさせるものでなくてはならない。

有家と結婚する際、真冬が杣谷の若女将として修業することは最初から決まっていたため、嫁入りしたときは義母の早智の見立てによる高価な着物が何枚も用意されていた。だがその日に何を着るかを選ぶのは真冬自身で、いつも頭を悩ませている。

（秋らしい装いで、派手すぎず地味すぎずって難しいよね。お義母さんが用意してくれたものだから、何を着ても様になると思ってたけど、着物と帯の組み合わせには結構厳しく駄目出しをされるし）

何枚かの着物と帯を取り出し、組み合わせを考えながら、真冬は別のことが気にかかっている。

それは、夫である有家のことだ。昨日彼が出張から戻り、二日ぶりに顔を合わせた真冬は、相変わらず端整な有家の姿にときめきをおぼえていた。自宅で夕食を一緒に取ったものの、彼は食後にすぐ自室にこもってしまい、なかなか入浴する気配もなく、待ちくたびれた真冬は先に就寝してしまった。

朝の六時に目が覚めたときには既に有家はおらず、真冬は「日課のジョギングに出掛けたのか」と考えた。だが隣のベッドが乱れたままになっていて、それを見た真冬はショックを受けた。

(幸哉さん、昨日わたしと同じベッドで眠らなかったんだ。結婚してからは、必ず一緒に寝ていたのに)

考えてみれば、昨日の彼の様子は少しおかしかった。

夜に自宅に戻ってきたときは玄関でまじまじとこちらを見つめ、食事中も物言いたげな眼差しを何度も真冬に向けていた。食後に自室にこもっていたのは仕事のせいかもしれないが、てっきり数日会わなかった分、自分を抱きたがるに違いないと思っていた真冬は肩透かしを食らった。

(ただ単に、出張帰りで疲れていたせいかな。だったらたまには朝のジョギングを休んで、ゆっくり寝てればいいのに)

今までの有家はどんなに接待で帰宅が遅くなっても同じベッドで眠っていただけに、何となく不安になる。

真冬にとっての気鬱は、もうひとつあった。それは幼馴染の早瀬涼の存在で、昨日彼に呼び出されて会った真冬は、有家と結婚することになった経緯をやむを得ず説明した。

早瀬は金銭援助と引き換えに契約結婚をした真冬に呆れると同時に、有家についても「今すぐその男をここに呼べ」と強い怒りを見せた。彼は幼い頃から知っている兄のような存在であり、相談もなしに結婚したこちらを叱責するのは充分理解できる。

だが早瀬は別れ際、思いがけないことを言った。

（涼くん、「その男が今まで真冬に使った金を弁済すれば、すぐに離婚することを考えてくれるか」って言ってたけど、一体どういうスタンスで発言してるんだろ。まさか数百万のお金を、わたしの代わりに幸哉さんに払うつもり？）

奨学金の返済や月々の手当など、真冬は有家にかなりの金額を使ってもらっている。

現時点で彼と離婚しようと思えばそうした諸々の金を全額返すのが当然だが、早瀬はそれを肩代わりしようというのだろうか。いくら幼馴染だとはいえ、真冬と彼は親戚でも恋人でもない赤の他人だ。そこまで甘える気にはなれず、早瀬と別れてからずっと悶々としている。

（あれ以降涼くんから何も連絡がないし、わたしがこの話を蒸し返すのも気まずい。どうしたらいいのかな）

そもそも真冬は、有家との離婚を望んではいない。

契約結婚の相手である彼をいつしか好きになってしまい、このままずっと夫婦でいたいという気持ちは日に日に強まる一方だった。だがいずれ妊娠して出産すれば、有家との別れは必ずくる。〝彼の傍にいたい〟という気持ちと〝いつ妊娠するのか〟という不安で、最近の真冬はひどく心が揺れていた。

（でも……）

たとえいつか別れがくるのだとしても、今だけは愛してもらえる。

夜ごと情熱的に抱かれ、まるで本当の妻のように扱われるこの環境を手放したくない。今の真冬は、金銭援助が目的ではなく純粋な愛情で有家と一緒にいたいと考えていた。

（だったら涼くんに、そう言うしかないよね。たとえ幸哉さんの優しさが夫婦関係を円滑にするためのものだとしても、わたしはできるかぎり一緒にいたいんだって）

早瀬に自分たちが契約結婚であると明かしてしまったことに後ろめたさをおぼえた真冬は、昨夜有家に「今日は休みだったみたいだけど、何をしていたんだ」と聞かれ、思わず彼と会った事実を伏せてしまった。

有家の知らない異性と会っていたことが何となく気まずかったために咄嗟に隠してしまったが、嘘の説明をしたことに罪悪感がこみ上げる。

（涼くんはただの幼馴染なんだから、会ったこと自体は別に話してもよかったのかも。わたし、何

で必要ない嘘をついちゃったんだろ）

それともこんなことを気にするのは自分だけで、有家はこちらが誰と会おうと何とも思わないのだろうか。

そんなふうに自嘲的に考え、ため息をついた真冬は今日の着物を決める。変《か》わり菱《びし》模様の大島《おおしま》に菊模様の摺型《すりがた》友禅の帯を合わせたコーディネートだったが、早智に褒めてもらえてホッとした。

だがそれから一週間、真冬はじわじわと不安を強めていくこととなる。理由は、有家がまったく自分を抱かなくなったからだ。彼は毎日帰りが遅いか自室にこもって仕事をしていて、なかなか夫婦の寝室に来ない。

やっと来たと思ったら別のベッドに入って背を向ける日が続き、真冬と一緒に眠らなくなってしまった。

（幸哉さん、どうしていきなり態度が変わったんだろう。わたし、この人に嫌われるようなことを何かした？）

今まで日を置かず抱き合っていたのに、急に触れられなくなってしまい、真冬は大きなショックを受けていた。

何かこちらに対して怒っているのかと思いきや、普段の態度はまったくそんなことはない。むしろことさら優しく、休憩時間に合わせて店に来て少しいいおやつを差し入れてくれたり、外にディナーに連れ出してくれたりと、ひどく細やかだ。

そうした態度を目の当たりにし、真冬は有家の気持ちがわからなくなっていた。早く子どもが欲しいなら、毎晩でも性行為をするべきだ。できるだけ長く彼と一緒にいたいと考えている真冬にとって、妊娠が遠のくのは喜ばしいことなのかもしれない。だが指一本触れられないとまるで自分に価値がないように思え、苦しくなる。

（わたし、幸哉さんに抱かれるのが嫌じゃなかった。それどころかあの人に愛されている錯覚をするくらい、満ち足りた気持ちになってた）

有家の態度が変わってから一週間、真冬の憂鬱は日に日に強まるばかりだ。

彼に直接理由を問い質《ただ》せばいいのかもしれないが、それができない。もし「君の身体に飽きた」と言われでもしたら、ショックで立ち直れなくなる気がする。

（それとも幸哉さん、子どもが欲しいっていう熱が冷めちゃったのかな。もしくは他に気になる人ができたのか）

何しろ有家は、家柄と財力、容姿を兼ね備えた人物だ。彼を魅力的に感じる女性は多いはずで、誘われてその気になったとしても何らおかしくはない。

そんなことを考えながら、真冬は自宅に隣接する杣谷に出勤する。どんなに気持ちが落ち込んでいても、若女将見習いとして勤めるのは自分に課した責務だ。彼の妻である以上、仕事をおろそかにするわけにはいかない。

　出勤してまずすることは、朝に生けた花を店舗の個室に飾ることだった。そのあいだ、他の仲居たちは清掃業務やお膳の拭き上げ、おしぼりをウォーマーに入れたりという業務に勤しんでいて、店内は慌ただしい雰囲気になっている。

　そんな中、真冬は廊下の一角でたむろしている石本たちに気づいた。彼女たちは三人ほどで固まり、こちらをチラチラ見て何やら話している。

「ほんと、厚顔無恥ってああいうのを言うんだろうねー。マジで信じられない」

「普通は恥ずかしくて出てこられないんじゃない？　あんな話を周囲の人間に知られてたらさ」

　三人が何について話しているのかはわからないものの、自分に向けられる視線に悪意を感じ、真冬は内心苛立ちをおぼえる。

（あの人たち、本当に懲《こ》りないな。わたしに言いたいことがあるなら、面と向かってはっきり言えばいいのに）

　特に引っかかるのは、石本だ。彼女はあからさまにこちらを見つめながら、仲居たちに向かって言う。

「ねえ、こういうのはどうかな。あとでさ……」

　真冬は素知らぬ顔で三人から目をそらし、生け花を手に磨き上げた廊下を進んだ。

彼女たちの態度にはほぼ毎日不快な気持ちを味わっているものの、今のところ大きな実害はない。若女将見習いである真冬は仲居より立場が上であり、もしやりすぎれば早智に自分たちの悪行が知られてしまうため、これ以上の嫌がらせができないのだろう。

そう思うものの、今の真冬には受け流す余裕がない。この一週間は有家との関係に不安を感じているせいか、些細なことでもキャパシティがいっぱいになってしまっていた。

（ああもう、いい加減ストレスでどうにかなりそう。いっそ幸哉さんに、ここ最近の態度の変化についてはっきり聞いてみようかな）

もし有家が自分への興味を失ったのなら、夫婦でいる理由はない。

これ以上彼の傍にいるのを諦め、離婚してこの家を出るべきだ。そして今まで有家にしてもらった金銭援助に関しては、分割でコツコツ返していくしかない。

（このあいだ涼くんは「自分が肩代わりしてやってもいい」「そうすればすぐにでも離婚できるだろう」って言ってたけど、そんなわけにいかないもんね。いくら何でも、ただの幼馴染にそこまで甘えられない）

ちなみに早瀬とは、一週間前に話して以来まだ顔を合わせていない。

ボストンの駐在を終えたばかりの彼は、営業マンとして新たな担当企業を割り振られ、真冬と話をした翌日から四泊六日の日程でヨーロッパ出張に行ってしまっているからだ。

「帰国したらもう一度会って話そう」というメッセージがきていたものの、真冬は早瀬に借金の肩代わりを申し出られても断るつもりでいる。

個室に花を飾り終えた真冬は、今日のコース料理に変更がないかどうかを板場に確かめにいこうとした。廊下を進んで角を曲がった途端、ちょうどそこを通りかかった有家とぶつかりそうになり、慌てて謝る。

「す、すみません」

「いや」

彼は今日も仕立てのいいスーツ姿で、嫌になるくらいに男前だ。

背はこちらより頭ひとつ分高く、均整が取れた体形をしていて、しっかりとした肩幅や大きな手を間近で感じた真冬の胸がぎゅっとする。

少し前まで、有家に抱かれるのは当たり前だった。それなのにこの一週間はキスもハグもなくなり、真冬の心には重苦しい思いが常に渦巻いている。

それをじっと押し殺しながら目を伏せ、努めて何でもない口調で口を開いた。

「幸哉さんがこんな時間にお店に来るなんて、珍しいですね。いつも事務所にいるか外回りなのに」

「長尾料理長に用があって来たんだ。催事の仕入れの件で相談があって、もう済んだ」

「そうですか。では、わたしはこれで」

どこか素っ気ない口調になってしまったが、冷え込みつつある自分たちの関係を思えば当然だ。

そんなふうに思いつつその場をあとにしようとした真冬だったが、ふいに有家がこちらの腕をつかんでくる。ドキリとして顔を上げると、彼がこちらを見下ろして言った。

「――これまで何度も聞こうとして、聞けずにいたんだが。俺の質問に答えてくれるか」

「な、何でしょう」

急にそんなふうに切り出され、真冬はしどろもどろになる。有家が再び口を開いた。

「先週の金曜、外で男と会ってたよな。あれは一体誰だ」

「えっ」

「真冬はあの日仕事が休みで、俺が何をしていたか聞いたら『午前は美容室で、午後からお花の稽古だった』って答えた。でも、それは嘘だったんだろう」

それを聞いた真冬は、しばし呆然とする。

確かに先週の金曜日は、早瀬に会っていた。有家に対して咄嗟に嘘をつき、「美容室とお花の稽古だった」と答えたのも事実だが、彼は一体なぜそれを知っているのか。

(あの日幸哉さんは出張で、戻ってきたのは夕方だった。だとしたら、人を使ってわたしの後をつけさせてたってこと?)

信じられない気持ちでいっぱいになった真冬は、有家を見上げて言う。

「もしかしてわたしが出掛けるたびに、どこに行くか監視してたんですか？　人を使って」

「いや、……」

「確かにわたしはあなたと結婚しましたけど、この家の奴隷になったつもりはありません。あくまでも対等な立場だと思っていたのに、幸哉さんはそうではなかったんですね」

驚きが過ぎ去ったあとにこみ上げたのは、猛烈な怒りだった。

自分が彼に信用されていなかったことが、ショックでならない。対価をもらう以上、自分なりに誠実に〝有家の妻〟という立場に向き合ってきたつもりだったのに、彼はそうではなかったのだ。

すると有家がかすかに顔を歪め、口を開く。

「そうじゃない。俺は──……」

そのとき廊下の向こうから石本がやって来て、立ち話をしている二人を見て目を丸くした。しかしすぐににこやかな表情になり、有家に挨拶する。

「社長、おはようございます。こんなところにいらっしゃるだなんて、珍しいですね」

「ああ、……おはよう」

「どうかなさったんですか？　もしかしてご夫婦で、言い争いをされていたとか」

彼女はたった今廊下の向こうからやって来たばかりで、話の内容を聞いていた節はない。

だが真冬と有家の間の空気がどこかぎこちないのを察しているのか、目に隠しきれない好奇心がにじんでいた。石本が笑顔で言った。

「何だか顔色が優れないように見えますが、お疲れではありませんか？　よろしければ、事務所まで温かい飲み物をお持ちしましょうか」

彼女の口調はとても感じがよく、普段仲間たちと真冬に対する嫌みを言っているときとは大違いだ。有家が簡潔な口調で答えた。

「いや。大丈夫だから、気にしないでくれ」

すると石本は意味深に微笑み、彼のスーツの袖にそっと手を触れて言った。

「毎日忙しくされている上、いろいろと気苦労もおありでしょうし、疲れも溜まりますよね。私でよければいつでも愚痴を聞きますから、遠慮なくおっしゃってくださいね」

「――――」

彼女の言葉はひどく意味深で、まるで妻である自分を押しのけて有家に寄り添おうとする意志が感じられ、真冬はじわりと不快になる。

だが顔に出しては石本の思う壺だと考え、真冬は努めて平静を装って言った。

「わたしは板場に用があるので、これで失礼します」

「真冬、待っ……」

彼の返答を聞かず、二人に背を向けた真冬は板場に向かって歩き出す。

形容し難いほどの怒りが、ふつふつと心に渦巻いていた。石本の挑戦的な顔が、眼裏から離れない。これ見よがしに有家の腕に触れ、「何か愚痴があるなら、自分がいつでも話を聞く」と申し出るのは、明らかにこちらに対する宣戦布告だ。

(石本さん、わたしと幸哉さんが言い争っていたのを察してすごくうれしそうだった。きっとこのあと、今の話を仲居さんたちに言いふらすつもりなんだ)

それよりも心を占めているのは、有家のことだ。

彼は外出するこちらの後をつけさせ、行動を逐一監視していた。それは取りも直さず真冬を信用していないということで、裏切られた気持ちでいっぱいだった。

だが視点を変えてみれば、有家の目的は真冬に自分の子を生ませることであるため、婚姻期間中に他の男と浮気をして妊娠し、「あなたの子どもです」と言い張られるのを警戒したとも考えられる。

(……そっか。やっぱりわたしは、あの人にとって子どもを生むためだけの道具にすぎないんだ)

結婚してからの優しさや細やかさは、早く妊娠してもらうためのパフォーマンスだった。

そして出産させ、すみやかに離婚するのが目的だったのだと確信し、真冬の中に惨めさが募る。

(馬鹿みたい。最初から「契約結婚だ」って言われていたのに、まんまとあの人を好きになるなんて)

目に涙がにじんだものの、真冬はそれをぐっと押し殺す。

ここは職場で、仲居を始めとしたスタッフが数多く行き来する場所なのだから、泣くわけにはいかない。たとえメンタルがズタズタでも仕事を投げ出すのは社会人失格だと考えた真冬は、ふと自分が近々この店を辞めるかもしれない可能性に思い至った。

有家との信頼関係が壊れてしまった以上、彼との〝契約〟は続けられない。元より有家自身、こちらが浮気しているかもしれないという不信感を抱いているからこそ、この一週間真冬に触れようとしなかったのだろう。

廊下の途中で足を止めて視線を巡らせると、ほんのりと色づき始めた紅葉が印象的な中庭が見えた。これまでの努力が徒労に終わることに無力感をおぼえ、真冬はやるせなさを噛みしめながら足元に視線を落とす。

そしてぐっと唇を引き結び、板場に向かって歩き始めた。

＊　＊　＊

秋らしい柄の和服に身を包んだ真冬が、足早に歩き去っていく。その後ろ姿を見送った有家は、苦々しい思いを押し殺した。

（くそっ、こんなところでする話じゃなかった。二人きりになれるところで、ちゃんと時間を取って話すべきだったのに）

この一週間、有家は悶々としていた。

理由は事務所のデスクに置かれていた封筒で、真冬の不貞が明らかになったからだ。見知らぬ男と二人きりで会っていた事実を、彼女は有家に話さなかった。それどころか「美容室に行っていた」と嘘をつき、その後も何食わぬ顔で日々を過ごしていた。

あれから有家は、自分がどう行動するべきかを悩み続けた。契約結婚を解消して、真冬を自由にするべきか。それともこちらに恋愛感情があることを率直に伝え、この先も夫婦関係を続けてほしいと告げるのか。

もしくは素知らぬふりをして子作りを継続し、彼女を妊娠出産で繋ぎ留めるべきか――どれだけ考えても答えは出なかったものの、はっきりしたのは自分は真冬を手放したくないという思いだ。

彼女を一人の女性として、愛している。出産と引き換えに対価を支払うというビジネスライクな関係を解消したいと思うほどに、有家は真冬に強く心惹かれていた。

とはいえ彼女が自分に隠れて男と会っていた事実は看過《かんか》できず、あれから有家は一度も真冬を抱いていない。だが冷たく接するのも気が引けて、努めていつもどおりの態度を取っていたつもりだったが、彼女はこちらのぎこちなさに気づいたらしい。

ときどき戸惑いの視線を向けてきた真冬は、やがて有家にあまり話しかけてこなくなった。先ほどは廊下でぶつかりそうになったのを謝罪したあと、すぐに視線をそらしてその場を後にしようとしていて、どこか素っ気ない彼女の態度を見た有家はカッと頭に血が上り、気がつけば真冬を問い質していた。

（もっとＴＰＯを考えるべきだった。いつ誰が来るかわからないところでプライベートな話題を出すなんて、浅慮にも程がある）

そんな有家を、石本がじっと見つめる。彼女がこちらを見上げて口を開いた。

「若奥さま、行ってしまいましたね。やっぱり社長、さっき何か言い争いをしてらっしゃったんですか？」

「そんなことはない。君も早く持ち場に戻ってくれ」

小さく息をついて事務所に戻ろうとする有家を、石本が「待ってください」と言って引き留めてくる。

「実は社長に、ご相談があるんです。若奥さまのことで」

「えっ？」

彼女は真冬が去っていった方角をチラリと見やり、やや声をひそめて言った。

「若奥さまが杣谷に入ってもうすぐ二ヵ月が経ちますけど、彼女、社長夫人の立場を笠《かさ》に着て仲居たちに居丈高な態度を取ってくるんです。何か作業をしているところにやって来て『それはいいから、あっちを早くしてくれる？』と的外れな命令を繰り返してきたり、用事があって休み希望を出した人の事情を聞かずに一方的に却下したり」

「…………」

「女将さんがいらっしゃらないところでやるので、私たち、本当に困っているんです。ですから社長のお耳にも入れておこうと思って」

石本が困ったように微笑み、「では、失礼します」と言って去っていく。

有家は眉をひそめてその場に立ち尽くした。

(真冬が仲居たちに対して、高圧的な態度を取ってる？　そんなことあるんだろうか)

これまでの印象では、真冬は物静かで人にあれこれ指図するタイプではなかった。

有家から見た彼女は自ら仕事を学ぼうとする真摯な姿勢があり、その真面目さと謙虚さを目の当たりにした早智は最近態度を軟化させていた。そんな真冬が仲居たちに対してパワハラまがいのことをしていたなど、にわかには信じ難い。

(でも……)

自分に黙って男と会っていたのを思えば、こちらから見えている彼女はほんの一面にすぎないのだろうか。そんなことを考えつつ、有家は事務所に向かう。そしてパソコンを立ち上げて仕事に取りかかったものの、頭の隅には真冬の存在が常にあった。

(……まさか俺が、誰かのことを考えて仕事に集中できなくなるとはな。あんなに他人に煩わされ

るのが嫌だったのに）

これまで年齢相応の人数の女性とつきあったものの、仕事での責任が増すうち、恋愛は二の次になっていた。

杣谷の社長になってからは親戚を始め政財界の顧客からも縁談が舞い込むようになっていたが、自分のようなタイプは家庭を持つのに向いていないと感じた。そのため、短絡的に「跡継ぎになる子どもがいればいい」と考えて真冬に契約結婚を持ちかけたものの、今思えばそれは間違っていたと感じる。

（俺は……）

男と一緒にいる写真や先ほどのやり取り、そして石本の話を聞いても、有家の気持ちは揺らがない。やはり自分は真冬が好きで、この先も彼女と一緒にいたいと強く思う。

だが迂闊《うかつ》に例の男の話を出してしまったため、真冬は「自分の行動を監視していたのか」と誤解し、こちらに不信感を抱いている状態だ。

（今夜、彼女とちゃんと話をしよう。短絡的な考えで契約結婚を持ちかけたのを詫《わ》び、俺は真冬が好きだと伝えた上で、写真の件やパワハラの件について聞いてみたい）

もし現時点で彼女の気持ちが他の男にあるのだとしたら、「自分を選んでほしい」と説得する。

そしてパワハラが事実であれば真冬から仲居たちにきちんと謝罪させ、一度現場から外すか態度を是正してしてもらおう——有家はそう結論づけた。

だが話の展開によっては今夜真冬と別れることになるのかもしれないと考え、じりじりとした焦りが募る。そうならないように説得するつもりだが、彼女が言っていたように自分たちは対等な関係であるため、最終的には真冬の意思を尊重する形になるだろう。

そのとき事務所内で電話の音が鳴り響き、有家はふと我に返る。受話器を取った事務員が二、三言葉を交わし、保留ボタンを押してこちらを見た。

「社長、K社の森《もり》専務からお電話です」

思考を中断した有家は、意図して頭を切り替える。

その日は午前中にデスクワークをこなしたあと、午後は外に出て食品メーカーの新作試食会に参加した。会場にいた他の業者とも話をし、有意義な時間を過ごして午後四時過ぎに杣谷に戻る。

すると廊下の向こうが何やら騒がしく、それを遠巻きに見ている仲居たちがいて、不審に思って声をかけた。

「何かあったのか？」

すると三十代のアルバイトの仲居二名は有家の顔を見て、慌てて「お疲れさまです」と挨拶してくる。一人が廊下の向こうをチラリと見やりつつ、歯切れ悪く説明した。

「あの、実は向こうで少し揉めていて」

「誰と誰が？」

有家の問いかけに、彼女たちが顔を見合わせて言いづらそうに答えた。

「松村《まつむら》さんと、小沢《おざわ》さんです。――廊下に飾られていた骨董の壷が割れているのが見つかって、彼女たちはそれが若奥さまがしたことだと言っているみたいなんです」

＊＊＊

――時は、少し前に遡る。

午後二時にランチ営業を終えた杣谷は最後の客を送り出したあと一旦店を閉め、従業員の休憩に入る。賄いを食べてからの動きは人それぞれで、休憩室で身体を休める者もいれば所用で店の外に出る者もおり、午後三時半からランチ後の食器の片づけや店内清掃などを始める流れだ。

若女将である真冬は他の従業員と違っていて、ランチ営業の終了後に母屋に戻って昼食を取り、自室で少し休憩する。その後は早智から労務管理のやり方を教わったり、パソコンを使って彼女から頼まれた発注業務をこなしたり、各部屋に置くお品書きを毛筆で書くなどの作業をしたあと、三時半から再び三十分間の休憩をもらっていた。

二度目の休憩は大抵店の裏口で一人で過ごしているが、今日の真冬は母屋にいる。少しずつ秋めいてきた庭を眺めているとついため息が漏れた。今朝からずっと心を占めているのは、有家のことだ。彼から「先週の金曜、外で男と会ってたよな」「あれは一体誰だ」と言われたのを思い出すと、複雑な気持ちになる。

（まさか幸哉さんが、わたしが外出するのを密かに監視させてるとは思わなかった。要するにあの人は、最初からわたしが浮気するかもしれないって警戒してたってことなのかもしれない）

だとすれば、ひどい侮辱だ。

真冬は早瀬に対してまったく恋愛感情を持っておらず、彼のことは兄のようにしか思っていない。それなのに関係を邪推され、ひどく不快に思う。

だが憤りをおぼえる一方で、有家家ほどの名家の若妻が外で男と会っているのは確かに外聞が悪いかもしれないと納得できる部分もあった。もし真冬の顔を知る人間が男と二人でいる姿を見かけたら、浮気をしていると考えるのは当然かもしれない。

（朝は怒りが先にきて思わず立ち去ってしまったけど、幸哉さんに涼くんとの関係を話すべきかな。ただの幼馴染だって）

有家の様子では完全に早瀬を浮気相手だと認識しているようだが、そんな事実はない。

場合によっては一樹にも証言してくれるように頼み、早瀬があの前日までボストンにいたことを伝えて、有家の誤解を解くべきだろう。

（でも、誤解を解いてそれからどうしよう。わたしは幸哉さんがしたことを許せる？　それ以前に、あの人のほうがもうわたしと離婚したいと言ったら……？）

それは嫌だ——と真冬は強く思う。

一緒に暮らし始めてその人となりを深く知るうち、真冬は有家を好きになっていた。冷淡に見えた最初の印象から一転し、素の彼は気さくで話しやすく、細やかな気遣いができる人なのだとわかった。

もしかすると優しくしてくれるのは演技で、家柄が劣るこちらを篭絡させるのを楽しんでいるのかもしれないと思ったこともあったが、今となってはどうでもいい。真冬の目から見た有家は、〝妻〟をねぎらい大切にできる、誠実な人物だった。

（もう、洗いざらい気持ちをぶつけてみようかな。わたしが幸哉さんを好きなこととか、契約じゃない本当の妻になりたいんだって）

そのとき家政婦の前田が現れ、真冬に声をかけてきた。

「真冬さん、ただいま奥さまから電話がありまして、お店のほうにすぐに来てほしいと」

「わかりました」

普段は休憩中に呼び出されることはないが、一体何の用だろう。

前田いわく、早智は上客のための広い個室にいるらしい。店舗に向かった真冬が「失礼いたします」と言って部屋の襖を開けると、優雅な内装の室内に早智が座っていた。

「休憩中に呼び出したりして、ごめんなさいね。少し座ってもらえるかしら」

「はい」

真冬が座卓を挟んだ向かいに腰を下ろすと、義母が口を開く。

「実はしばらく前から聞いていた話で、私は真偽を確かめるために様子見をしていたのだけど。さっきまた言われてしまったものだから、やはりあなたにも事情を聞かなければならないと思って」

「……何でしょう」

奥歯にものが挟まったような言い方をされ、真冬は戸惑いつつ彼女に問いかけた。すると早智が小さく息をつき、真っすぐにこちらを見つめて言った。

「仲居さんたちの一部から、あなたからパワハラをされているという話が出ています。心当たりはありますか」

「――――」

あまりに思いがけないことを言われ、真冬は束の間絶句する。

心当たりはあるかと言われれば、それはまったくない。真冬は杣谷で働き始めて二ヵ月弱しか経っていない、新参者だからだ。周囲の人に仕事を教えてもらいこそすれ、こちらが偉そうに指図できる立場ではないのは、重々承知している。

彼女が言葉を続けた。

「彼女たちいわく、配膳でドレッシングや添え物を切らしたときに『取ってきて』と命令するのは日常茶飯事、アルバイトがまだ仕事が終わっていないのに『早く切り上げて帰ってください。残業代を稼ごうったって、そうはいきませんから』と刺々しく発言したり、お客さまがお帰りになったあと『片づけが遅い』とあなたに怒られた人もいたそうよ」

「そんな……」

羅列された事例はどれも身に覚えはなく、真冬は膝の上の拳をぎゅっと握り合わせる。

早智の言葉では複数の仲居がそう訴えているようだが、これまで真冬は従業員たちに敬意を持って接してきた。自分がこの職場で一番の新人であることを弁《わきま》えて決して出過ぎないようにする一方、本来やらなくていいと言われていた掃除なども積極的に手伝って、自分から話しかけてコミュニケーションを取ろうとした。

それでも大半の仲居がそそくさといなくなってしまっていたのは、石本たちが幅を利かせているからだ。声の大きい彼女たちが真冬に聞こえよがしに嫌みを言っていたため、巻き込まれたくないと考えたアルバイトの仲居たちはこちらと距離を取っていた。

（お義母さんにパワハラを訴えたのって、たぶん石本さんたちだよね。わたしのことが嫌いだからって、ここまでするんだ）

これまで周囲と波風を立てないために耐え忍んできたが、石本たちが一線を超えてくるなら黙っている理由はない。そう考えた真冬は顔を上げ、「お義母さま、わたしは……」と口を開きかけたものの、そのとき襖の向こうから声が響いた。

「女将さん、すみません。ちょっとよろしいでしょうか」

「何ですか」

「廊下に飾られていた九谷焼《くたにやき》の壷が、床に落ちて破損しているんです」

するとそれを聞いた早智がさっと顔をこわばらせ、急いで部屋を出ていく。

廊下に飾られていた壷は骨董の九谷焼で、時価数百万円だと聞かされていた。真冬はこの場に残るべきかと考えたものの、やはり気になり、立ち上がって部屋を出る。

廊下を進むうちに複数人が話しているざわめきが聞こえ、仲居たちと早智が何やら話しているのがわかった。

そのうちの一人が真冬に気づき、隣にいる仲居の袖を引いて、その場にいた全員がこちらを見る。驚く真冬に対し、二十代半ばの松村という仲居が険のある表情で口を開いた。

「よく平気な顔をして、ここに来れましたね。若奥さまがやったくせに」

「えっ？」

「ご自分でこの壷を落として割ったのに、たまたま通りかかった横井《よこい》さんに『あなたがやったことにして』って言ったんですよね？　彼女、真っ青になって私たちに相談してきたんです。『弁償しなければならないかもしれない、どうしよう』って」

あまりに意外なことを言われ、真冬は呆然とその場に立ち尽くす。

廊下の床には、色絵金彩で花鳥柄を施された九谷焼の壺が粉々になって落ちていた。どうやら彼女たちの間では、壺を落としたのは真冬であるにもかかわらず、横井という仲居に罪を被せて知らぬふりをしているという話になっているらしい。

視線を巡らせると、石本がじっとこちらを見ていた。先ほどのパワハラ話といい、彼女たちが自分を陥れようとしているのを感じた真冬は、小さく息をつく。

（あの人たちはこうやっていくつかの嘘をでっちあげれば、内気なわたしが追い詰められてこの店を辞めると思ってるのかな。――本当に馬鹿馬鹿しい）

先にこの場に到着し、事情を聞いていた早智がこちらを見る。彼女が冷静な口調で問いかけてきた。

「松村さんはこのように言っているけれど、真冬さん、あなたは本当に横井さんに自らの過失を押しつけようとしたの？」

「いいえ。そんな事実はありません」

すると仲居の数人が憤慨し、「ひどい」と声を上げ始める。

「若女将の立場を笠に着て、自分のミスを下の者に押しつけるなんておかしくないですか」

「そうですよ」

そのとき玄関のほうから、有家が姿を現す。

彼は出先から帰ってきたばかりのようで、集まっている面々を見て眉をひそめた。

「一体何の騒ぎだ」

彼がこの場に居合わせてしまい、真冬はわずかに動揺する。

仲居の一人が有家に事情を説明し始め、それを見つめながら「彼は自分と彼女たち、どちらを信じるのだろう」と考えた。

(幸哉さんは、わたしが涼くんと浮気したと思っている。もしかしたら彼女たちの話を信じて、立場が下の人間に責任を擦《なす》りつけるような人間だって思うかも)

そう思いつつ、真冬は背すじを伸ばして石本たちを真っすぐに見つめる。そして明朗な声で告げた。

「この壷を落下させたこと、そして先ほど女将さんから聞かされたパワハラの件、どちらもわたしにはまったく身に覚えがありません。横井さん、あなたはわたしが本当に責任を押しつけるような言動をしたのだと、こちらの目を見て言えますか」

横井が「えっ」とつぶやき、狼狽した様子を見せる。するとすかさず石本が声を上げた。

「実は私も、廊下を通り過ぎざまに若奥さまが壷を割ったところを見ました。責任を彼女に押しつけているのも」

「わ、私も」

数人が次々と声を上げ、横井の主張が正しいのだと証言する。それを見つめ、真冬は石本に問いかけた。

「石本さんがそれを目撃したのは、何時頃でしょうか」

「三時十分くらいでした。そうでしょ、横井さん」

横井が「ええ」と答え、真冬は言葉を続けた。

「その時間、わたしは母屋にいました。家政婦さんが証言してくれると思います」

「家政婦さんの証言なんて当てにならないじゃないですか。たとえ事実と違っても、有家家に雇われている身なんだから、若奥さまの味方をするに決まっています」

「では、ここの防犯カメラの映像はいかがでしょう。店内には一台も設置されておりませんが、店舗の入り口と従業員用出入り口、そして裏口にはあります」

真冬は有家に視線を向け、彼に向かって告げた。

「幸哉さん、事務所にある防犯カメラの映像から、壷が割られた時間帯にわたしがお店に出入りしたかどうかを確認していただけませんか」

彼が目を瞠り、「わかった」と頷いて、その場にいた全員で事務所に移動する。

有家がデスクに向かい、カメラの映像のログを確認し始めた。するとランチ営業が終わったあとの午後二時五分に真冬が建物の外に出て母屋に向かったこと、そして今から十分前に従業員用出入り口から再び建物内に入ったことが映像でわかる。

有家が巻き戻した画像を静止させ、時刻を確認しながらつぶやいた。

「一度外に出た真冬が再びこの建物に入ったのは、午後三時四十二分だ。つまり横井さんと石本さんが言っていた三時十分頃は、ここにはいなかったことになる」

それを聞いた彼女たちが、慌てた表情で言う。

「わ、私たち、時間を勘違いしていたかもしれません。三時半くらいだったかも」

「二十分も時間を勘違いするのはおかしくないか？　それに従業員の出入り口から入ってきて、女将が待つ〝梔子《くちなし》の間〟に行くには、この廊下は通らない。わざわざ遠回りして壷を落としてから部屋に向かうのは、不自然だ」

彼女たちがぐっと言葉に詰まり、押し黙る。真冬はそれを見つめ、口を開いた。

「実は先ほど、女将さんに呼ばれたわたしは仲居さんたちの一部からパワハラ被害の告発を受けていることを聞かされました。ですが実際は、逆です。結婚して杣谷で若女将の修業をするようになってから、一部のスタッフから聞こえよがしに嫌みを言われていました」

それを聞いた石本の取り巻きの一人が、強気な表情で声を上げる。

「一体どこにそんな証拠があるんですか？　若奥さまから立場を笠に着た居丈高な発言をされて、

被害を受けていたのは私たちのほうです。何人もそういう目に遭ってるんですから」

「ありますよ、証拠なら」

真冬はさらりと答え、帯の間に挟んでいた小型のボイスレコーダーを取り出す。

「嫌みを言われているのが自分の勘違いではないと気づいたときから、仕事中にレコーダーで音声を録音していました。これを聞けば、誰がどんなことを言っていたかが声で判別できると思います」

すると数人の仲居たちがさっと青ざめ、ひどく狼狽する。

それを見た真冬は、自分の無実を証明できそうな流れに安堵していた。何より有家がこちらの言い分を信じ、仲居たちの発言の矛盾を突いてくれたことがうれしい。

そのとき追い詰められた様子の石本が顔を歪め、唸るように言った。

「外で他の男と浮気してるくせに、偉そうなこと言わないでよ。あなたなんか、社長の妻にふさわしくないのに」

彼女の発言はまるで早瀬との関係を示唆しているようで、真冬は訝しく思って問いかける。

「それは一体どういうことですか」

「とぼけないで。あなたが社長に隠れて他の男と会ってるのは、わかってるんだから」

「石本さん、俺のデスクに写真が入った封筒を置いたのは君だったのか？」

有家が眉をひそめて石本を見つめ、彼女が必死の表情で訴えた。

「社長、あの写真を見てわかるとおり、この人は外でコソコソ他の男と会ってるんです。若奥さまが杣谷にやって来たときから、私はこの人の本性がわかっていました。いつか社長を裏切るに違いないと考えていて、休みを合わせて朝から後をつけてみたら、案の定じゃないですか」

すると有家が表情を険しくし、石本を問い質す。

「つまり君は真冬と休みを合わせてわざわざ後をつけ回し、写真を撮って俺のデスクに置いたってことだな。パワハラをされているというのも、彼女を陥れるための狂言か」

そのとき今まで黙って事の成り行きを見守っていた早智が、口を開く。

「あなたたちの訴えを聞いて、おかしいと思ったのですよ。私から見た真冬さんは努力家で、早く若女将として一人前になれるように一生懸命でした。日常的に接して言動を見ていれば、相手によって態度を変える人物かどうかはおのずとわかります。石本さんたちに『若奥さまからパワハラをされている』という話を聞いてから注意深く観察していましたが、真冬さんの行動にそれらしいそぶりは微塵もありませんでした。ボイスレコーダーの音源を精査すれば、どちらの言葉が正しいのかわかるでしょうね」

「……お義母さま」

これまで積み重ねてきた努力を彼女が認めてくれていたのがわかり、真冬の胸がじんと震える。

今まで何年も勤めていた仲居たちの言い分を一方的に信じず、公平な目で見てくれたことがうれしかった。

　すると石本の取り巻きである横井たちが、次々と声を上げる。

「あの……っ、私は石本さんに命令されただけなんです。『壷を壊して、若奥さまに罪を擦りつけられたことにしよう』って」

「わ、私もそうです。彼女の悪口に同調しなければ、ここで働きづらくなると思って――それで」

　劣勢を悟って手のひらを返し始めた彼女たちに、石本が鬼の形相で噛みつく。

「ちょっとあんたたち、何で私一人のせいにしようとしてるの。楽しそうに尻馬に乗ってたくせに」

「それはあなたが、自分に賛成しない人間をすぐ苛《いじ》めようとするから――」

　言い争いを始める面々を前に、有家が語気を強めて告げる。

「ストップ。今回の件に関しては、俺が江本部長と手分けをして個別に事情を聞く。石本さんたち四人はとりあえずここに残り、他の仲居さんたちは廊下にある壊れた壷を片づけて、急いで開店準備をしてもらえるか」

　廊下から不安そうに事務所を覗き込んでいた仲居たちがハッとした顔をし、一斉に「はい」と応える。彼は早智に向き直って言った。

「この四人が夜営業のメンバーから抜けるから、女将は昼シフトの仲居さんたちに電話をしてこれから仕事に出られるかどうか聞いてみてくれないか？　急な話だから、出勤してくれた人たちには時給を割増しで出すと」

「ええ、わかったわ」

「それから真冬、君にもあとで事情を聞くが、とりあえず今夜はスタッフが手薄だ。悪いが午後六時以降も店を手伝ってくれると助かる」

有家がまだ半人前の自分の力を必要としていることがわかり、真冬は居住まいを正す。

そして彼の目を真っすぐに見つめ、頷いた。

「――わかりました」

第九章

石本を含めた四人のスタッフが抜けた夜営業だったが、早智の要請で急遽昼シフトの二人が出勤してくれ、普段は午後六時で退勤する真冬も残ったことで何とか回すことができた。

午後十時の営業を終えると、どっと疲れをおぼえる。最後の客を送り出し、後片づけを手伝おうとした真冬だったが、仲居の一人が声をかけてきた。

「若奥さまは朝から出てるんですから、もう上がってください」

「でも……」

「女将さんもそうおっしゃっていましたから」

義母がそう言っているなら、もう退勤したほうがいいだろうか。

そう考えて真冬が「では、お先に失礼します」と告げると、ふいに彼女が「あの」と呼び止めてきた。

「はい？」

「私……若奥さまが石本さんたちに嫌みを言われているのに気づいていました。でもあの人たちと揉めて、自分が居づらくなるのを恐れて見て見ぬふりをしていたんです。本当にすみませんでした」

仲居が深く頭を下げてきて、真冬は慌てて言う。

「顔を上げてください。わたしは気にしていませんから」

「でも……」

「彼女たちの行動に加担しなかっただけでも、うれしいです。では、これで失礼します」

タイムカードを押すために事務所に行くと、応接セットで向かい合って何やら話している有家と江本の姿がある。

石本たちは既におらず、真冬の姿を見た江本がバインダーを手に立ち上がって言った。

「若女将、こんな時間までお疲れさまです。夜営業はどうでしたか」

「昼の仲居さんが二人来てくれましたので、何とかトラブルもなく終えることができました」

「そうですか、それはよかった。では、僕もそろそろ失礼します」

有家が彼に「お疲れさま」と告げ、江本が事務所を出ていく。二人きりになったことに気まずさをおぼえつつ、真冬は有家に問いかけた。

「あの、幸哉さん。石本さんたちは……」

「いろいろ話すことはあるが、とりあえず家に戻ろうか」

二人で杣谷の建物を出て、隣接する自宅に戻る。

彼が一階ではなく階段を上って二階に向かったため、真冬はその後からついていった。すると有家が自室のドアを開け、こちらを見て言う。

「入ってくれ」

彼の私室は、パソコンデスクや本棚が置かれたシックな雰囲気のインテリアだった。

大きな観葉植物や二人掛けのソファと小さなテーブル、シングルベッドもあり、初めて入った真冬は新鮮な気持ちになる。ソファを勧められて着物のまま腰を下ろすと、有家が隣に座って口を開いた。

「こんな時間まで君を働かせてしまって、すまなかった。朝から出勤していたし、夜営業に本格的に参加するのは初めてだったから、疲れただろう」

「いえ。急に人手が足りなくなったんですから、お手伝いできてよかったです」

彼が小さく息をつき、「石本さんたちのことだが」と言って、こちらを見た。

「江本部長と個別に面談をして、事情を聞いた。どうやら石本さんが彼女たちのリーダー格で、真冬が杣谷で働き始めたときから気に食わないと思っていたらしい」

石本いわく、彼女は六年前に杣谷に入社したときから有家に恋心を抱いていたという。

当時から外回りが多かった彼は店に常駐しているわけではなかったが、ときどき挨拶を交わせるだけで満足していたのだそうだ。しかし真冬が有家と結婚し、若女将見習いとして入ってきて、強い不満を抱いたらしい。

「料亭の仕事が未経験なのに最初から若女将という待遇で、自分たちより上の立場であるのを生意気だと思った」「有家の妻というのも気に入らず、追い出したくなった」——というのが彼女の言い分で、真冬が何を言われてもまったく言い返さなかったため、次第に言動がエスカレートしていったのだという。

「横井さんたちにも話を聞いたが、石本さんは社員という立場を利用して以前から仲居たちを仕切り、好き放題に振る舞っていたようだな。アルバイトを言いくるめてシフトを自分たちに都合よく変えたり、気に入らない新人の仲居にきついことを言って辞めさせたりしていたみたいだが、その延長で真冬のこともどうにかできると踏んだようだ。母さんに『若奥さまからパワハラを受けている』と嘘の訴えをし、俺にも同様の話をしてきた」

「幸哉さんにもですか？」

真冬が泣き寝入りするタイプだと踏んだ彼女は、女将である早智にばれないように嫌みを言ったり嫌がらせを繰り返していたものの、それでも仕事を辞めないことに業を煮やしたらしい。

店舗の廊下に飾られている高価な骨董の壷を故意に壊すことで、真冬が下の人間にパワハラをしていると有家と早智に強く印象づけようと画策したのだという。

それを聞いた真冬は、目を伏せて言った。

「石本さんたちの悪意は、杣谷で働き始めた頃から強く感じていました。本当は面と向かって言い返してもよかったんですけど、そうしたら角が立ちますし、他の仲居さんからも距離を置かれてしまいます。だから証拠だけはきちんと取っておきつつ、当面の間は好きにさせておこうと考えていましたが、甘かったたみたいですね」

「彼女たちに嫌がらせされていることを、なぜ俺や母さんに話さなかったんだ？　言えばすぐに対処したのに」

どこか怒ったような口調の彼に、真冬はやるせなく笑って答えた。

「それがわたしの、処世術だからです。わたしが十歳の頃から児童養護施設で育ったのはご存じだと思いますけど、施設にはいろいろな子がいます。複雑な家庭環境から攻撃的になるケースもあり、注意したり強く言い返したりすれば、その矛先が大人の見えないところでこちらに向いたりするんです。わたしは元々気が強いほうですが、おとなしく控えめにしていたほうがトラブルを回避できるのだと学び、意図してそう振る舞ってきました」

それを聞いた有家が目を瞠り、考え込んでつぶやいた。

「なるほどな。今まで苦労してきた結果が、悪意を向けられても黙ってやり過ごすというスタンスなのか」

「わざわざボイスレコーダーを購入して彼女たちの嫌みを証拠として残していたんですから、実際はそんなにしおらしくはないですよ。幸哉さんはわたしを物静かだと思っていたみたいですから、幻滅しましたよね」

するとと彼は真冬の言葉を否定した。

「いや、幻滅はしない。確かに最初は楚々として物静かな女性という印象だったが、一緒に暮らすうちに少しずつ君の個性が見えてきていた。幼い頃に両親を亡くし、施設を出てからは自分一人の力で弟との生活を成り立たせていたんだから、芯が強くて当たり前だと思う」

有家がこちらに向き直り、真剣な表情で頭を下げてきた。

「俺の我儘《わがまま》で若女将の仕事に就いてもらったのに、石本さんたちの嫌がらせに気づいてやれなくて、申し訳なかった。本来ならやらなくていいことをさせているんだから、俺が真冬を全力で守らなくてはならなかったのに……。許してほしい」

「そんな、謝らないでください。幸哉さんは常にお店にいるわけではないですし、あの人たちは上の人間の前ではいい顔をしていたんですから、気がつかなくて当たり前です。それにわたし、苦労して育った分かなり打たれ強いんです。見た目はおとなしくて弱々しい感じに見えるみたいなんですけど」

真冬は一旦言葉を切り、彼を見つめて改めて口を開いた。

「幸哉さんは写真がどうとか言っていましたけど、それは石本さんがわたしの後をつけて撮ったものなんですか？」

「ああ。先週の金曜日、事務所に戻ったら無記名の封筒が置かれていて、中に写真が三枚と『奥さまの行動に気をつけられたほうがいいと思います』というワープロ打ちの手紙が入っていた」

中に入っていた写真は、真冬がスーツ姿の男性と会っているものだったという。彼が複雑な表情で言葉を続けた。

「写真に映っている真冬は、その日の服装と同じだった。それでわざと『今日の日中は何をしていたんだ』と聞いたら、君は男と会っていた事実を伏せたんだ。そのとき俺は、写真が示唆しているとおり真冬には他に男がいるんだと確信した」

それを聞いた真冬は、慌てて首を横に振った。

「違います。彼は早瀬涼といって、わたしと一樹の幼馴染なんです」

「幼馴染？」

「はい。母が亡くなるまでわたしたちは団地住まいだったんですけど、そのときお隣に住んでいた一家の息子が彼でした。わたしより三歳年上で、兄のような存在なんです」

真冬は長年に亘る早瀬との関係と、彼がアメリカに駐在していてあの前日に帰ってきたばかりだったことを説明する。

そして自分が日本にいないあいだに突然結婚したことを不審に思われたのだと有家に告げた。

「彼とは二年くらい会っていませんでしたが、そのあいだずっとメールのやり取りをして互いの近況を伝え合っていました。それなのにわたしが幸哉さんの話をまったくせず、突然結婚したのはおかしいと言われてしまったんです。面と向かって追及されると言い逃れできず、やむを得ず幸哉さんとの契約結婚の話をしてしまいました」

「じゃあ、その早瀬という男性とは……」

「恋愛関係ではありません。彼がこの二年間アメリカにいたことや家族ぐるみのつきあいだったことは、一樹に聞けばはっきり証言してくれると思います。……でも」

真冬は目を伏せ、視線を泳がせて言う。

「彼はわたしが金銭援助と引き換えに幸哉さんと結婚したことを、ひどく怒っていました。そして『もし俺がその男が今まで真冬に使った金を弁済すれば、すぐに離婚することを考えてくれるか』って言い出したんです」

「えっ？」

「元より恋愛感情で結婚したわけじゃないんだから、それを全部返済すれば関係をリセットできるだろうって。それを聞いたわたしは……一理あるなと思いました」

すると有家が顔色を変え、こちらの二の腕をつかんで言う。

「待ってくれ。さっき君は幼馴染のことを『兄のような存在だ』と言っていたけど、実は違うってことか？」

「そうじゃないんです。わたしは幸哉さんの子どもを生む代わりに金銭援助を受けるという約束で、出産後に離婚するという約束でした。でも――それが苦しくなったんです。あなたのことを、好きになってしまったから」

目にじわりと涙がにじみ、語尾が震える。

彼が驚いたように息をのみ、こちらを見ていた。真冬は深呼吸し、言葉を続ける。

「幸哉さんに抱いた最初の印象は、冷淡で傲慢というものでした。勝手にわたしの素性を調べ上げて、家柄も身寄りもないことを『自分にとって都合がいい』と発言しましたよね。しかもこちらの足元を見て多額の金銭援助と引き換えに子どもを生む道具になれと言ったんですから、本当に失礼で嫌な人間という印象でした」

「真冬、それは――……」

「でも結局その話に乗ったんですから、わたしはあなたを責められません。結婚後はさぞ淡々とした生活になるんだろうと想像して、事務的に接しようと思ってましたけど、実際の幸哉さんは優しくて……。もしかしたら自分を好きにさせる〝ゲーム〟をしているのかもしれないと考えて、わたしもあえてあなたの理想の妻を演じるように努めました」

それを聞いた有家が、かすかに顔を歪めて言う。

「ゲームなんかじゃない。最初に真冬に契約結婚を持ちかけたとき、俺は確かに『家柄も身寄りもない人間のほうが、俺にとって都合がいい』と発言した。それは君の苦労やプライドを踏みにじる言い方で、傲慢だと思われても仕方がないと思う。——本当にごめん」

「…………」

「自分でもその言葉を反省して、結婚してからは精一杯真冬を気遣ったつもりだ。でもそうするうちに、物静かであまり主張しないタイプだと思っていた君が実は無類の甘いもの好きだったり、俺にひとつ分けるのを嫌がったり、ときおりツンとした態度を取ったりという素の一面が見えて、そういう部分をもっと見たいと思うようになった。いつしか契約という縛りを超えて、真冬を一人の女性として好きになっていたんだ」

真冬は驚き、まじまじと彼を見つめる。そして信じられない思いでつぶやいた。

「幸哉さんが、わたしを……？」

「そうだ。でも君が途中から本心を見せなくなり、俺が好むような〝演技〟をしているのがわかって、歯痒さをおぼえた。どうにか素の顔を引き出そうとアプローチする一方、『あなたに恋愛感情を抱けない』とはっきり言われるのが怖くて、直接気持ちを問い質せずにいたんだ。男のくせに、情けないだろう」

有家が自分に好意を抱いていたのだとわかり、真冬の胸がじんと震える。

これまで彼の優しさを都合よく捉えたくなりながらも、「勘違いしてはいけない」と己に言い聞かせていた。早瀬との関係を誤解されたときは別れを覚悟したものの、本当は互いに同じ気持ちだったのだとわかり、胸がいっぱいになる。

だがどうしても確認したくて、真冬は口を開いた。

「あの、幸哉さんには……結婚願望がないんですよね？　家庭を築くのが煩わしいから、跡継ぎだけが欲しかったんじゃ」

「そのつもりだったけど、真冬と一緒にいるうちに気持ちが変わったんだ。休憩時間に君と甘いものを食べながら何気ない話をするのは楽しいし、一緒に眠ると安心する。この先もずっとこういう時間が続いていくのは、悪くないと思った」

「でもこの一週間は、別のベッドで寝てたじゃないですか。それでわたし、もう幸哉さんには飽きられたんだって考えて」

「真冬に好きな相手がいるのかもしれないと考えたとき、手放すべきか問い質すべきか、それとも素知らぬ顔をして結婚生活を継続するべきかを悩んだ。もし抱いたら独占欲でひどくしてしまうかもしれないと思って、それであえて触れずにいたんだ」

有家がふいにこちらの左手を握ってきて、真冬の心臓が跳ねる。彼が真剣な眼差しで言った。

「きっかけこそ契約結婚だったが、俺は真冬を一人の女性として愛してるし、この先も夫婦として一緒にいたい。だから改めて言うけど、俺の妻になってくれないか」

「……っ」

真摯な口調で想いを告げられ、真冬の胸がきゅうっとする。まさか有家と想い想われる関係になれるとは思わず、信じられない気持ちでいっぱいだった。

真冬はドキドキと高鳴る胸の鼓動を感じながら、彼に向かって言う。

「あの、わたしはおとなしいのは見た目だけで、実際は物事をわりとはっきり言うほうなんですけど、それでもいいですか」

「もちろんいいよ」

「食い意地も張ってますし、貧乏性が身に着いているので、わりとケチケチしてるかもしれません。幸哉さんは窮屈な思いをするかも」

「食べたいものは好きなだけ食べていいし、ケチじゃなくて地に足が着いてるって言うほうが正しいんじゃないか？　真冬の堅実さを、俺は好ましく思う」

あっさりすべてを許容され、真冬の心に安堵が広がる。思わず笑みを浮かべながら、有家を見つめて言った。

「幸哉さんも冷たそうな見た目と違って、実際は大らかですよね。すごく意外です」

「そうかな、自分ではあまりギャップはないけど。聞きたいことがそれだけなら、真冬は俺とこの先も夫婦を続けるってことでいいか?」

「あの……はい」

じわりと気恥ずかしさをおぼえながら頷き、真冬は面映ゆさを噛みしめる。

始まりがあまりにも普通の結婚とはかけ離れていただけに、彼と〝夫婦〟になるのが信じられなかった。すると彼が、世間話のような口調でさらりと思いがけないことを言う。

「——そういえば俺、どうやら性欲が強いみたいなんだよな」

「えっ?」

「真冬と結婚するまでは何年も彼女がいなかったし、全然そんな感じはなかったんだけど。たぶん身体の相性がいいのかもしれない」

突然の発言にどんな顔をしていいかわからず、真冬はひどく動揺する。

確かに相性がいいに越したことはなく、有家との行為には快感があるが、何と返したらいいのだろう。そんなふうに考えていると、彼が微笑んで笑った。

「真冬と今後も夫婦を続けるのは愛情があるからで、子作りを目的とはしていない。そこは誤解しないでほしい」

「……はい」

「でも家を継ぐ子どもが欲しいのは本当で、いずれできたらいいなと考えてる。真冬はどう思う?」

有家の問いかけに、真冬は頷いて答えた。

「わたしはいつ生んでも構いません。最初からそれを念頭に置いて結婚したっていうのもありますけど、幸哉さんのことが好きだから」

見た目はいかにも淡々としていながらも実際は細やかで気遣いができる彼なら、きっといい父親になるだろう。そう考えながら真冬が有家を見つめると、彼が笑って言う。

「そうか。だったら自然に任せるのでいいかもな。でもとりあえず今は、真冬を抱きたい」

「えっ？」

「一週間触れられなかった上、晴れて本当の〝夫婦〟になったんだ。我慢の限界だよ」


「あの、幸哉さん。シャワーを浴びたいですし、着物も自分で脱ぎますから……」

「待てない」

「そ、それにお義母さんもお店から戻ってきますし、石本さんの件を話さないと」

「詳しいことは、明日話そうと言ってある。両親の寝室は一階で、こんな時間にわざわざ二階まで来ないから気にしなくていい」

すぐ隣の寝室に移動し、シャワーを浴びる前にベッドで有家に抱き寄せられた真冬は、その性急さにじわりと頬を染める。

今日はいつもより長い時間働いていたため、抱き合う前に汗を洗い流したかった。しかし想いが通じ合ったばかりでこんなに熱烈に求められたら、断ることができない。

彼がこちらの帯に手を掛け、結び目を解いていく。その手つきはよどみなく、あっという間に長襦袢《ながじゅばん》まで到達して、真冬は複雑な気持ちでつぶやいた。

「着物を脱がせるの、何だか手馴れてません？」

「俺も和服を着ないわけじゃないから、だいたいの構造がわかるだけだよ。もしかして、過去に和服の女を脱がせたことがあるのかとか考えたか？」

図星だった真冬は、気まずく押し黙る。すると有家が小さく噴き出し、長襦袢の胸元に顔を埋めて言った。

「嫉妬をする真冬は可愛いな。でも心配しなくても、俺はよその女に興味はない。今まで結婚なんて煩わしいだけだったのに、その考え方を変えたのが真冬なんだから」

「あ……っ」

押し倒しながら和装ブラ越しに胸の先端を噛まれ、真冬は声を上げる。少し強めに噛まれるとじんとした疼痛が走り、そこが硬く芯を持つのがわかった。唾液が生地にじんわりと滲みていく感触が淫靡で、息を乱す。

すると彼が裾除けをはだけ、脚の間に触れてきた。

「ぁ……っ」

そこは既に熱くなっていて、触れられるとぬるりとした感触がある。有家が生地の上から胸の尖りを吸いつつ言った。

「もう濡れてる。もしかして真冬も、ずっと欲しかったか？」

揶揄するような言い方にかあっと頬が熱くなり、真冬は唇を噛む。

彼の顔を両手でつかんでぐいっと上げさせた真冬は、視線を合わせて問いかけた。

「いけませんか？　わたしが欲しがったら」

「…………」

「この一週間、幸哉さんがどうしてわたしに触れなくなったのかがわからなくて、ずっと悩んでました。もうわたしに飽きたのかもしれない、それか他に好きな人ができたのかもしれないって考えて、じりじりして……。でも昼間はすごく優しくて、休憩時間におやつを持ってきてくれたりしていたので、どういうことなのかわからなくて悶々としていたんです」

話しているうちにこの一週間の不安や切なさがよみがえり、真冬は目を潤ませる。有家の手に自身のそれを重ね、その大きさを感じながら、「だから」とささやいた。

「触ってください。幸哉さんに、いっぱいしてほしい……」

「……っ」

素直な気持ちを吐露すると、彼がかすかに顔を歪め、下着の中に入れてきた手で花弁を割る。そのまま潤んだ蜜壷に指を挿入されて、真冬は喘いだ。ゴツゴツと硬い指が柔襞を掻き分けながら奥に進み、抽送が始まる。すぐに挿れる指を増やされ、ぐちゅぐちゅと淫らな水音が響いた。

「ぁっ……はぁっ……あ……っ」

ぬめる愛液のおかげで抽送はスムーズで、根元までねじ込まれた指を内壁がビクビクと締めつけて離さない。覆い被さっている有家の目には欲情がにじみ、感じている様をつぶさに観察されている真冬は、強い羞恥をおぼえた。

恥ずかしいのに、やめてほしくない。もっと間近で彼を感じたくて、身体の奥が疼いてたまらなくなった。

有家が真冬の中を穿ちながら和装ブラをずらし、胸のふくらみをあらわにしてきた。そしてピンと尖った先端に、じっくりと舌を這わせてくる。

「ん……っ、ぅっ、……は……っ」

彼はこれ見よがしに舌を出しながら胸の尖りを押し潰し、ときおり音を立てて吸い上げる。

痛いほど勃ち上がったそこがじんじん疼き、いやらしい舌の動きを見つめながら真冬は足先でシーツを掻いた。

そのあいだも有家の指は隘路を行き来し、秘所からは恥ずかしいほどの水音が立っている。

「あっ……はぁっ……ん……っ……ぁ……っ！」

真冬がビクッと身体を震わせて達すると、しばらく余韻を味わったあとに有家が指を引き抜く。

そして暑そうにスーツのジャケットを脱ぎ捨て、ネクタイを引き抜いてスラックスの前をくつろげた。すると隆々といきり立った昂りが現れ、その大きさを見た真冬はドキリとする。

「ぁ……」

こんなに大きくて硬そうなものが、これから自分の中に入るのだ。

そう思うと身体の奥がきゅんと疼き、真冬は浅い呼吸をした。もう何度も抱き合っているのに今までにないほどのときめきがあり、早く繋がりたくて仕方ない。

彼の表情にはまったく余裕がなく、こちらの片方の膝裏をつかんで脚の間に割り込んできた。自身をつかんで切っ先を蜜口にあてがった有家が、押し殺した声でつぶやく。

「——挿れるよ」

「あっ……！」

丸い亀頭が埋まり、内壁を擦りながら最奥を目指す。太い幹に拡げられる隘路が震え、密着した柔襞がゾロリと蠢いて、有家が熱い息を吐いた。

「は……っ、すごいな」

「わかるか？　ほら、奥までぴったり嵌まった。狭いのに俺のを全部包み込んで、締めつけてる……」

「うぅっ……」

そのまま緩やかに律動を開始され、真冬は「あっ、あっ」と声を漏らす。

決して激しい動きではないのに、深いところまで埋め尽くされるのが気持ちいい。圧倒的な質量に苦しさをおぼえるものの、満たされた充実感もあり、真冬は夢中で腕を伸ばして彼の首にしがみついた。

「は……っ、……ぁ……っ……気持ちい……」

「……っ、俺もだ」

「ぁ、もっと……っ」

有家の身体を挟み込んだ太ももに力を込めつつねだると、彼がぐっと奥歯を噛み、律動を激しくしてくる。

大きな身体に覆い被さられながら何度も腰を深く入れられ、真冬は喘いだ。逃げ場がない状態で身体の奥を何度も穿たれるのが気持ちよく、声を抑えることができない。

すると嬌声を抑えるつもりなのか彼がこちらの唇を塞ぎ、ぬめる肉厚の舌が口腔に押し入ってきた。蒸れた吐息を交ぜ、ときおり喉奥まで探られるとビクッと反応して、剛直を締めつけてしまう。

その動きにかすかに顔を歪めた有家が、より深くまで自身をねじ込んできた。

「んぁっ……！　幸哉、さん……っ」

「しっ。いくら母さんが二階まで来なくても、あまり大きな声を出せば聞こえてしまう。少し我慢できるか」

「……っ」

根元まで埋められたものに圧迫感をおぼえながら必死で唇を引き結ぶと、彼が微笑んで目元に口づけてくる。

「——可愛い、真冬」

その声音は蕩けるように甘く、しぐさには愛情がにじんでおり、真冬の目が潤む。

これまでは有家の優しさを素直に信じることができず、いつか来るはずの結婚生活の終わりを常に意識していた。だがこれからはそんなことを考える必要はなく、本当の夫婦として一緒にいられる。

そう考えると胸がいっぱいになり、真冬は目の前の彼の身体にぎゅっと強く抱きついた。そして男らしい骨格としなやかな筋肉、ずっしりとした重みを感じつつ、有家の耳元でささやく。

「好き……幸哉さん」

すると彼がうれしそうに微笑み、真冬の乱れた髪を撫でる。

「真冬がここまでグズグズになるなんて、初めてだな。気持ちが通い合うと、こんなに違うのか」

「……っ、幸哉さんは……？」

潤んだ瞳で言葉をねだると、彼がいとおしげにこちらの髪に鼻先を埋めて答えた。

「俺も好きだよ。――可愛いと思うのも、何でもしてやりたいと思うのも、真冬しかいない」

互いに同じ気持ちであることにどうしようもなくときめき、真冬は体内に埋まった楔をきゅうっと締めつける。その動きにかすかに息を乱した有家が、笑って言った。

「好きって言うだけでこんな反応をするなら、もっと早くに言えばよかったな。今まで言葉を出し惜しみして、悪かった」

「んぁっ……！」

上から身体を抱きすくめながら奥まで埋めたもので小刻みに突き上げられ、真冬は彼にしがみつく。

子宮口を抉られるたびに目も眩《くら》むような快感があり、断続的にわななく中が屹立をきつく締めつけていた。

（ぁ、駄目、もう……っ）

中の動きでそれがわかるのか、額に汗をにじませた有家が律動を緩めないまま問いかけてくる。

「そろそろ達きそうか？」

「……っ」

「このまま中に出してもいいか」

中で射精されるのはこれが初めてではないのに、確認されると奥がきゅんきゅん疼いてたまらない。真冬は上気した顔で彼を見上げ、喘ぎ交じりの声で答えた。

「ぁ、奥にいっぱい欲し……っ」

すると有家を取り巻く空気が変わり、ずんと深いところを突き上げられる。

内臓がせり上がるような圧迫感に息をのむ真冬の耳元で、彼が押し殺した声でつぶやいた。

「君は本当に小悪魔だな。清楚な見た目に反して感情が豊かだったり、ベッドでは色っぽかったり、いつも予想を超えてくる」

「あっ……は……っ」

「挙げ句の果てに、好きだと言っただけでこんなにいやらしくなるなんて。これ以上俺を骨抜きにしてどうするつもりだ」

激しいストロークで隘路を行き来され、擦り立てられる内壁がビクビクと震える。

接合部から溢れた愛液がぐちゅぐちゅと音を立て、互いの荒い息遣いが官能を煽った。快感に追い詰められた真冬は、彼のシャツの袖をつかみながら切れ切れに訴える。

「はぁっ、ぁ、……も……っ」

「……っ、俺ももう達く」

「んぁ……っ！」

真冬が背をしならせて達するのと、彼がぐっと息を詰めて最奥で射精するのは、ほぼ同時だった。熱い飛沫が内壁を叩き、ドクドクと注ぎ込まれる感覚に眩暈をおぼえる。有家が常にないほど獰猛な目をしてこちらを見下ろしていて、視線が絡まった瞬間に唇を塞いできた。

「うっ……ん……っ」

吐息すら奪うように激しく貪られ、それが次第に穏やかなものになっていく。

ようやく唇を離されたときには、真冬は疲労でぐったりとしていた。彼がこちらの額にキスをし、ひそやかな声で言う。

「――愛してる、真冬」

ささやきはとても真摯な響きで、真冬の目がじんわりと潤む。

たとえ始まりが〝契約〟でも、今の自分たちの間には確かに愛情がある――その事実に幸せがこみ上げ、微笑んで応えた。

「わたしも、幸哉さんが大好きです」

引き寄せられるように何度も触れるだけのキスをしているうち、再び互いの身体に熱が灯る。

その日は夜半まで何度も抱き合い、泥のように疲れて眠った。有家の腕に抱き込まれてそのぬくもりを感じながら、真冬は深い安堵をおぼえて目を閉じた。

その後、社長である有家と女将の早智、営業部長と料理長の協議の結果、問題を起こした仲居たちは杣谷を解雇されることとなった。

他の仲居たちにも聞き取り調査を行ったところ、石本を始めとした四人は社歴の長さを笠に着てこれまでさんざん好きに振る舞っていたらしい。

雑事を他の仲居に押しつけて自分たちはお喋りに興じたり、シフトを勝手に変更するのは序の口で、店内の備品の窃盗などもしていたという。

直接何かを言えばいじめのターゲットにされてしまうため、他の仲居たちは四人の悪行を知っていながら見て見ぬふりをして距離を取っていたのだそうだ。それを知った早智は、ひどくショックを受けていたという。

「石本さんたちのしていることに気づけなかったのは、私の監督不行き届きよ。表向きは仲居さんたちを上手く取り仕切ってくれているように見えていたから、すっかり信用してしまっていたの。でもその思い込みが職場環境を悪くし、辞めていった新人が何人もいたのだと思うと、申し訳ない気持ちでいっぱいだわ」

彼女は仲居たちの前で深く頭を下げ、自身の力不足を謝罪した。

有家も社長として石本たちを解雇するに至った経緯を説明し、今後はコンプライアンス窓口を立ち上げ、労働に関するトラブルを経営陣に気軽に相談できる体制を整えると約束した。

当の石本たちはといえば、店に損害を与えたとして懲戒解雇されることを渋々受け入れたものの、破損した九谷焼の壺の代金数百万円の弁済を求められ、揉めているらしい。

「石本さんが指示したのだから一番多く弁済するべきだとか、実際に床に落とした人間が悪いとか、全員で均等に割るべきだとかいう意見が出て、責任の押しつけ合いになっているようだ。彼女たちの間で話がつかないなら、今後裁判という形になるだろうな」

「そうですか」

「君は彼女たちからの謝罪はいらないと言ったが、それでよかったのか？」

有家に問いかけられた真冬は、笑って答えた。

「いいんです。ああいう人たちは、謝罪したからといってきっと心から悪いとは思っていないですし、むしろ面と向かってわたしに頭を下げなければいけないことに屈辱をおぼえるでしょう。言いたいことは既に伝えてありますし、好き勝手に振る舞ってきた代償として高額な壺の対価を払わされることになるんですから、それで充分です」

一方、ヨーロッパ出張に行っていた早瀬からは帰国後に再び連絡がきたが、真冬は彼に直接会って自分の気持ちを正直に伝えた。

「このあいだ涼くんに説明したとおり、わたしと幸哉さんは互いの利益のために結婚したけど、今は気持ちが通じ合ってるの。お金がどうとか跡継ぎがどうとかは関係なく、好きだからこの先も夫婦でいようっていうことになったから、黙って見守ってほしい」

すると早瀬は眉をひそめ、「あのな」と言った。

「普通の人間は金に物を言わせて子どもを生ませようなんて考えないし、その時点で性格に難があると言わざるを得ない。そんな傲慢な奴と一緒にいたって、真冬が苦労するだけだぞ」

彼はそう言って、真冬の前に自身の預金通帳を差し出してきた。

「俺の全財産が入ってるから、これで今まで有家に出してもらった金を精算しろ。それですぐに離婚するべきだ」

「涼くん、どうして――」

「真冬から結婚した経緯を聞いたとき、俺は自分でも驚くくらいにショックを受けた。お前が他の男に金で買われたんだと知った途端、何も気づけずにいた自分自身に猛烈に腹が立ったんだ。ずっと妹のように思ってきた子が侮辱されたことが許せないっていうのもあるけど、たぶん俺は真冬を異性として好きなんだと思う」

早瀬はそう言って、真剣な眼差しで真冬を見た。

「今後は俺が全力でお前を支えるから、有家とは離婚してほしい。どれだけ苦労しても曲がらず一生懸命に生きてきた真冬の価値を、自分で貶めないでほしいんだ」

彼の声音は真摯で、心から自分のことを想ってくれているのが伝わり、真冬はぎゅっと胸が締めつけられるのを感じた。

だが早瀬の気持ちを受け入れることはできず、結局それを断った。

「涼くん、ありがとう。わざわざお金まで用意してくれるなんて、何て言っていいかわからない」

「じゃあ――」

「でも、ごめんなさい。わたしは幸哉さんのことが好きで、この先の人生をずっとあの人と一緒にいたいと思ってる。だからこれは受け取れないよ」

彼はなかなか受け入れられない様子だったものの、そこに現れた有家から直接真冬に侮辱的な発言をしたことへの反省と謝罪、そして今は心から愛して大切にしたいと考えていることを説明され、ため息をついて言った。

「俺はあなたがどれだけすごい人間か知らないから自分の価値観で言わせてもらいますが、やはり根底に傲慢な考えがあるように感じます。そうでなければ、真冬の境遇につけ込んで札束で頬を引っ叩くような真似はできない」

「……おっしゃるとおりです」

「ですが今は反省し、二人での話し合いも済んでいるようだ。ならば俺の出る幕はありません」

早瀬は二人の結婚生活に今後口出しはしないこと、しかしもし真冬に何かあれば自分が黙っていないと有家に告げ、矛《ほこ》を収めてくれた。

(涼くん、一体どこまで本気だったのかな。もしかしたらわたしに同情して、「金のために意に染まぬ結婚をするくらいなら、自分が全部引き受けてやろう」っていう気持ちから異性として好きだとか言ったのかも)

だとすれば、彼は相当なお人好しだ。だが有家と直接話したことで真剣さが伝わり、真冬を任せてもいいと考えたのかもしれない。

あれから四ヵ月が経ち、石本たちがいなくなったあとの杣谷は仲居たちの雰囲気が格段によくなった。女将である早智は以前よりもスタッフとの連携を密にするようになり、有家がコンプライアンス窓口を設置したことで従業員間のトラブルにすぐ対処できるようになっている。

前社長の清勝は入退院を繰り返しているものの、彼に付き添うことが多くなった早智の代わりに真冬が店で采配を振るう機会が増え、毎日がてんてこまいだ。

しかし先日妊娠が判明したことで、有家がストップをかけてきた。

「まだ初期で不安定な時期なんだから、安静にしてないと駄目だろう。店に出るのをもっと減らしたらどうかな」

「体調を見ながら動けば、大丈夫です。幸哉さんは心配しすぎですよ」

気持ちが通じ合って本当の夫婦になってからというもの、彼はとても甘い夫になった。

何気ないスキンシップが多くなった上、以前にも増して甘いものを買ってきてくれる頻度が上がり、忙しい合間を縫ってデートをする時間を作ってくれる。最初の冷ややかなイメージとは真逆になった有家を前に、真冬は面映ゆい気持ちを味わっていた。

子どもに関しては自然に任せていたが、こんなに早く妊娠したのは抱き合う頻度を考えれば当然なのかもしれない。仕事が終わって二人きりの夜の時間、病院でもらってきたエコー写真を見ながら、真冬は有家に問いかける。

「もしお腹の子が女の子だったら、やっぱりお義父さんとお義母さんはがっかりするんでしょうか。跡継ぎは男の子が望ましいわけですから」

すると彼が隣に腰を下ろし、真冬の手の中にあるエコー写真を見つめる。そしてこちらの肩を抱き寄せ、微笑んで答えた。

「たとえ女の子でも、君が生んでくれるならうれしい。家の跡継ぎとかそんなことは関係なく、俺も両親もこの子の誕生を楽しみにしてるよ」

「本当ですか？」

「ああ」

エコー写真を見る有家の目は優しく、彼が本心からそう言っているのが伝わってきて、真冬の胸の奥が温かくなる。

始まりは〝契約〟で、愛のない結婚をし、子どもを生んだら離婚するつもりだった。出産の対価として莫大な金銭援助を受け、その後は好きに生きようと考えていたのに、今は有家がいない人生など考えられなくなっている。

真冬は隣に座る彼に体重を預け、幸せな気持ちでつぶやいた。

「幸哉さん、わたし、あなたと結婚してよかったです。お腹の子の誕生を皆が待ち望んでくれて、生まれたあともずっと自分が子育てに関わっていけるのが、本当にうれしいなって」

「俺もだ。かつてはあんなに結婚に夢を抱けずにいたのが嘘みたいに、今は真冬とお腹の子が傍にいてくれて幸せだと思う」

有家の大きな手が真冬のそれに重なり、指同士をしっかり絡められる。

真冬が顔を上げ、有家の唇にちょんと触れるだけのキスをすると、彼が面映ゆそうに笑った。互いに何度もついばむようなキスをしながら二人でベッドに倒れ込み、有家が笑って言う。

「子どもの名前を考えないとな。男の子と女の子、どっちが生まれてもいいように」

「有家家みたいな伝統あるおうちなら、名前に何か一文字を入れるとか家長が決めるとかいうしきたりがあるんじゃないですか？」

「さあ、聞いたことはないけど。たとえあったとしても、生まれてくる子どもの親は俺と真冬だ。

その子にとって一生のものになる名前は、俺たちで考えてあげるべきじゃないか」

彼が当たり前のようにそんな発言をしてくれ、真冬はうれしくなる。

最初は由緒正しい家に嫁いだことに強いプレッシャーを感じたが、こうして有家が寄り添ってくれるなら、自分はこの先も揺るぎなく幸せだろう。そう確信しつつ、真冬は問いかけた。

「好きです、幸哉さん。……わたしがお婆ちゃんになっても一緒にいてくれますか？」

「ああ、一生離すつもりはない。君は俺の妻なんだから」

端整な顔が近づき、本格的に口づけられる予感に胸を疼かせる。

覆い被さってくるしなやかな身体に腕を回しながら、真冬は愛してやまない夫のキスを受け入れた。

あとがき

こんにちは、もしくは初めまして、西條六花《さいじょうりっか》です。

ルネッタブックスさんで十冊目となるこの作品は、子作りを目的に契約結婚をするというわたし的には王道なお話となりました。

ヒロインの真冬は早くに両親を亡くし、弟との生活を一人で支える苦労人、清楚な見た目に反してちょっとしたたかさもある性格の持ち主です。

一方、ヒーローの幸哉は名家生まれの御曹司、何事も合理的に考える性格で、跡継ぎ欲しさに真冬に契約結婚を持ちかけますが、思いがけず彼女に心惹かれて——というストーリーです。

今回は創業一〇〇年を超える老舗料亭が舞台ということもあり、あちこちのお店に足を運びましたが、どこも趣《おもむき》があって本当に素晴らしいですね。

季節のしつらえと旬のお料理、和の雰囲気とおもてなしの精神を味わえる料亭は、確かに敷居が高いですが日本人として「行ってみたいな」と感じさせる場所です。

ここからはネタバレになりますが、本編のラストのあと、真冬と幸哉は二男一女を授かり、本格的に代替わりした杣谷で経営を続けていく予定です。

幼馴染の早瀬は遅ればせながら真冬への想いを自覚し、手の届かない存在になって結構落ち込んだりもしましたが、イケメンで性格もいいので数年後には可愛い女性と熱烈な恋に落ち、結婚するのはないかと思います。

今回のイラストは、羽生《はにゅう》シオンさまにお願いいたしました。イケメンでちょっと強引な雰囲気の幸哉と可憐な真冬が、とても素敵です。

この作品が刊行される頃は、秋ですね。歳を経るごとに時間が飛ぶように過ぎていって、一年があとわずかなのが信じられません。

この作品が、皆さまのひとときの娯楽となれましたら幸いです。

またどこかでお会いできることを願って。

ルネッタ🄻ブックス

子作りしたら、即離婚！

契約結婚のはずなのに、クールな若社長の溺愛が止まりません!?

2024年9月25日　第１刷発行　定価はカバーに表示してあります

著　者　西條六花　
発行人　鈴木幸辰
発行所　株式会社ハーパーコリンズ・ジャパン
東京都千代田区大手町 1-5-1
04-2951-2000（注文）
0570-008091　（読者サービス係）
印刷・製本　中央精版印刷株式会社

ISBN978-4-596-71288-2